Елена

КОЛИНА

Редакционно-издательская группа
«Жанровая литература»
представляет книги

ЕЛЕНЫ КОЛИНОЙ

ДВОЙНАЯ ЖИЗНЬ АЛИСЫ

КНИЖНЫЕ ДЕТИ
Все, что мы не хотели знать о сексе

ЛИЧНОЕ ДЕЛО КАТИ К.

ЛЮБОФ И ДРУШБА

МАЛЬЧИКИ ДА ДЕВОЧКИ

НАИВНЫ НАШИ ТАЙНЫ

НЕ БЕЗ ВРАНЬЯ

ПИТЕРСКАЯ ПРИНЦЕССА

ПРОФЕССОРСКАЯ ДОЧКА

ТЫ КАК ДЕВОЧКА

САГА О БЕДНЫХ ГОЛЬДМАНАХ

ТРЕБУЮСЬ Я!

УМНИЦА, КРАСАВИЦА

Я НЕ АНГЕЛ

ТРИЛОГИЯ «ТОЛСТОВСКИЙ ДОМ»

ПРЕДПОСЛЕДНЯЯ ПРАВДА

ЧЕРЕЗ НЕ ХОЧУ

ПРО ЧТО КИНО?

ЦИКЛ «ПОСМОТРИ НА КОГО ТЫ ПОХОЖА»

ДНЕВНИК НОВОЙ РУССКОЙ

ВЗРОСЛЫЕ ИГРЫ

ДНЕВНИК ИЗМЕНЫ

Елена
КОЛИНА

Я не ангел

Издательство АСТ
Москва

УДК 821.161.1-31
ББК 84(2Рос=Рус)6-44
К60

Серия «Мальчики да девочки. Проза Елены Колиной»

Оформление переплета — *Е. Ферез*

Иллюстрация на переплете — *Анка Журавлева*

Издательство благодарит литературное агентство
«Amapola Book» за содействие в приобретении прав.
http: / / amapolabook.com /

Колина, Елена

К60 Я не ангел: [роман] / Елена Колина. — Москва, Издательство АСТ, 2020. — 288 с. — (Мальчики да девочки. Проза Елены Колиной).

ISBN 978-5-17-117459-0

У амбициозной Беаты, современной Бекки Шарп, нет ничего, кроме ума, обаяния, артистизма и яркой внешности. У Эммы, доброй и нежной, избалованной благополучием и любовью, есть все. Ради удачного замужества, больших денег и положения расчетливая интриганка Беата готова на любые уловки, хитрости и обман. И вот маленькая авантюристка уже на вершине — она вот-вот всего добьется, ура! — но все ее тщеславные надежды рушатся, и остается только вниз кувырком. Столько стараний и выдумки, эгоизма и изворотливости — и полный крах!.. Контрастные характеры и судьбы Беаты и Эммы дают нам повод задуматься — не только ли случаем определяется разница между тщеславием и наивным идеализмом. А самое интересное — что мы обо всем этом думаем, сочувствуем и желаем победы, осуждаем, восхищаемся или презираем. И конечно, каждая из нас найдет в себе черты обеих героинь этой современной версии знаменитого романа «Ярмарка тщеславия».

УДК 821.161.1-31
ББК 84(2Рос=Рус)6-44

ПРЕДИСЛОВИЕ АВТОРА

Прошлой осенью на встрече с читателями меня попросили написать современную версию классического романа, и я послушно написала камерную историю по мотивам романа Теккерея «Ярмарка тщеславия», героиня которого, «тщеславная авантюристка» Бекки Шарп стала символом беззастенчивого корыстолюбия и цинизма. Но каковы ее «личностные качества» на современном языке: острый ум, амбициозность, упорство в достижении цели, позитивный взгляд на жизнь, виртуозное владение техниками общения. Звучит, будто резюме выпускницы престижной школы менеджмента. Прибавим к этому женское очарование и твердое решение «я никогда не буду голодать» — да она же героиня нашего времени! А ее подружка, нежная Эмилия (кроткий нрав, доброта, полное неумение ориентироваться в жизни), кто она по современным понятиям, беспомощная дурочка? Обе героини — мои, не Теккерея — делают то, что велит им автор, то есть я, а потом живут и делают, что хотят.

Фраза «Я не ангел» звучит в книге только раз, и произносит ее не «Бекки Шарп», а самый положительный персонаж, буквально чистый ангел. «Я бы никогда не сделал никому ничего конкретно плохого, но намерения бывают... м-м разные... и мысли». Если даже он не ангел, то что же говорить о других, о нас с вами?

Мне было интересно в большей степени не то, как действуют, что делают, а о чем думают: со времен Бекки Шарп звучат все те же слова: «завещание», «я хочу обеспечить свое будущее», но теперь персонажи вместе с нами как бы получили право иметь психологические проблемы, кто-то толстый страдает от того, что он другой, у кого-то детская психологическая травма, и даже самого «плохого» кто-то любит.

И да, конечно, все совпадения случайны. Психологические травмы и комплексы, интриги и мотивы — все придумано, прототипов нет, а если кто-то захочет усмотреть в некоторых ситуациях сходство с реальностью, то пусть имеет в виду: это лишь потому, что люди часто не только действуют, но и думают одинаково, к примеру: «Как он мог!», или: «Мне нужна уверенность в завтрашнем дне», или: «Я так и знал, она просто дрянь». В каждой из нас, даже самой «плохой», есть что-то от нежной Эмилии, и в каждой, даже самой «хорошей», есть частичка Бекки Шарп. Поэтому еще раз — все совпадения случайны.

...Может быть, и некрасивое побуждение, но вполне естественное. Я не ангел.

Бекки Шарп
(У. Теккерей «Ярмарка тщеславия»)

Глава первая

ЯРМАРКА ТЩЕСЛАВИЯ, 1989 ГОД

Беата, Париж стоит мессы

Я верю, что ничто не проходит бесследно и что каждый малейший шаг наш имеет значение для настоящей и будущей жизни.

А. П. Чехов

Детство Беаты прошло в интеллигентной семье...

Из статьи в «желтой» прессе

Девочке было восемнадцать, мама называла ее «глупые сиськи», а в хорошем настроении «пупс». На пупса девочка откликалась иронически — «спасибо за сладостные секунды», имея в виду, что хорошее настроение случается у мамы нечасто. На «глупые сиськи» не обижалась: третий номер лифчика — это объективная реальность, данная в ощущениях; а на пупса обижалась: «пупс» —

это субъективное оценочное суждение. Мама могла бы не намекать на то, что она и сама видела в зеркале: крепкая фигурка с детским жирком на талии, рыжие кудри, пухлые щеки, если из всего этого вычесть грудь, — вылитый целлулоидный пупс.

Когда мама хотела ее обидеть, девочка не обижалась и, напротив, обижалась на, казалось бы, необидные вещи, но все их общение было сплошным несовпадением, даже за столом они всегда сидели друг напротив друга в несовпадающих позах — мама наклонялась вперед, будто идет на нее войной, а девочка сидела бочком, смотрела в сторону, изредка безнадежно повторяя «мам, ну мам...». Безнадежно в смысле без надежды, что мама ее услышит.

Вот папа ее слышал, пока был ее папой. Папа звал девочку девчонкой-печенкой, не полезной ненавистной печенкой в сметанном соусе, а печонкой, только что испеченной булочкой, свежей, пышной, сладкой. Девочка иногда мысленно произносила его слова «давай-давай, дефчонка-печонка!» в сложных жизненных ситуациях, когда возникала необходимость себя подбодрить, заставить прыгнуть через препятствие (в переносном, конечно, смысле, она же не лошадь).

На девочке была шляпка. Красная войлочная шляпочка была пришпандорена булавкой к рыжеватым кудрям не просто так, а концептуально: сообщала миру, что хозяйка шляпочки — ого-го, хозяйку отличает независимость и воля к победе, а на тусклую ленинградскую толпу хозяйке наплевать. Мама связала девочке шапку с отворотом, самой девочке хотелось носить мужскую черную шляпу с большими полями, но это было бы слишком эпатажно и богемно. Так что красная шляпочка, будучи компромиссом между богемностью и стеснительностью, в полной мере выражала робость девочки перед столицей.

Хозяйка шляпочки и чрезвычайно пышной груди была совсем юная, почти ребенок. Прохожие обращались к ней «Красная Шапочка», — «Красная Шапочка, как пройти на Невский?», и никогда «Невероятная, оригинальная, неповторимая, не как все, как пройти на Невский?». Девочка упрямо ходила в красной шляпке: если она не может быть хорошо одета, то пусть хотя бы отличается от других.

Зимой отличаться от других было трудней, чем летом. Летом не видно, что ты плохо одета, джинсы есть джинсы, а вот жалкую курточку никто не спутает с шубой. Девочка не мечтала о шубе, как не мечтаешь о луне с неба. Мечтой было прийти в шубе и небрежно бросить ее на пол.

У девочки была не только большая грудь и красная шляпочка, у нее были правила жизни. Вот такие:

— Если приходишь в гости в шубе, не требовать, чтобы шубу почетно повесили на вешалку, а небрежно бросить, как будто для нее эта шуба — ничего особенного.

— Вести себя так, чтобы люди думали: для нее все, буквально все — ничего особенного.

— Если у нее чего-то нет, то делать вид, что и не надо, а самой добиваться, чтобы было.

— Зарабатывать своим трудом на хорошую жизнь. Для этого учиться, чтобы потом зарабатывать.

— Думать о завтрашнем дне, чтобы не стать в старости нищей. Всегда думать о завтрашнем дне! Самое страшное — стать в старости нищей.

— Делать вид, как будто все хорошо. Если захочется поныть и пожаловаться, ныть и жаловаться самой себе.

— Помнить, что сумка и обувь важнее одежды. Можно обойтись без всего, даже без пальто и трусов. Но нужна дорогая обувь и фирменная сумка, чем жить без фирменной сумки, лучше не жить вовсе.

— Обойти мелкое и призрачное, что мешает быть свободной и счастливой.

Последнее правило было придумано не ею, это была цитата: «Обойти то мелкое и призрачное, что мешает быть свободным и счастливым, — вот цель и смысл нашей жизни» (Чехов). Девочка присвоила эти слова и повторяла, как заклинание: «Обойти все, что мешает быть счастливой, — это цель и смысл моей жизни». Обойти в переносном смысле и в прямом, когда надо обойти страшные дворы, чтобы найти нужную квартиру. Номера квартир часто перепутаны, попробуй найти квартиру 5, если на первом этаже квартира 18, а квартира 5 почему-то на третьем... «Логика в этом городе есть?!» — возмущалась девочка. Вместо корзинки у Красной шапочки была синяя почтовая сумка. Она разносила телеграммы.

Звонила в дверь и на вопрос «кто там?» отвечала звонко: «Ленинградский почтальон». Или, как в школе, «полным ответом»: «Кто стучится в дверь ко мне с толстой сумкой на ремне? Это он, это он, ленинградский почтальон». Иногда отвечала: «Вот вам телеграмма от гиппопотама», а иногда, назначая себя разными зверями, в конце фразы рявкала: «Гав!», или вкрадчиво шелестела: «Мя-ау», или рычала: «Р-р-р». Однажды на вопрос «кто там?» сказала: «Я вернулась в мой город, знакомый до слез...», а из-за двери, не замешкавшись ни на секунду, деловито уточнили: «До прожилок, до детских припухлых желез?», и она подумала, какие тут, в Ленинграде, культурные люди, любящие стихи и пошутить. Однажды, совсем расшалившись, на вопрос «кто там?» ответила: «А там кто?» За дверью долго ошарашенно молчали. Но никто на нее не жаловался, не раздражался, напротив, смеялись и приглашали выпить чаю, такая она была милая в своей красной шляпке, с рыжими кудрями и зелеными глазищами.

Конечно, прежде чем так развлекаться, девочка заглядывала в телеграммы: если в черных строчках мелькало «заболел», «в больнице» или «умер», «похороны», то не мяукала и не рычала, а сухо требовала расписаться. И мгновенно скатывалась вниз по лестнице — пусть человек переживает свое горе без нее. Она тут не посланец судьбы, не утешитель, она зарабатывает на сумочку Версаче. Поддельную, конечно, на настоящую почтальоном не заработать, но настоящую она тоже обязательно когда-нибудь купит. Когда-нибудь у нее будет не только Версаче, у нее будет Гуччи, и Луи Виттон, и... у нее будет специальная комната для сумочек!

Простомужчина был абсолютно реальным персонажем Дашиного детства, о нем говорилось с надеждой, воодушевлением, завистью к тем, у кого он есть. Главное, с надеждой, что Простомужчина придет и все исправит — настроение, протекающий унитаз, жизнь. Простомужчина — добытчик: «Он должен принести мамонта, это элементарная биология». Даша выучила наизусть: «Пока был отец, мы были как все, а без него стали бедными. Не хватает денег на нормальную жизнь, на еду и одежду. А что будет в старости? Как заработать на старость? Видала я нищих старух, это ужас!» Это цитата, не из Чехова, конечно, и не из Генриха Манна, это цитата от Дашиной мамы.

Кроме Простомужчины в семейном обиходе фигурировал Хотябымужик. Простомужчина, как казалось Даше, был ласковым приемлемым существом вроде енота, а Хотябымужик похож на пьяную человекообразную обезьяну, с ним можно связаться от совсем уж безнадежного ужаса. Мама говорила о ком-то: «У нее Хотябымужик есть... но я-то вообще одна, не сравнивай».

Мама часто повторяла «не сравнивай», а Даша все время сравнивала, так уж был устроен ее мозг, что производил операцию сравнения чаще, чем другие, — чем другие операции и другие люди. Она даже на вопрос «Что ты будешь, картошку или макароны?» не сразу отвечала, думала-сравнивала и отвечала по нескольку раз: «Картошку. Нет, макароны... И то и другое».

Отец от них ушел и забрал с собой Новый год. Даша ненавидела Новый год, в Новый год жизнь разорвалась на «до» и «после». Ей было восемь лет, она все еще ждала подарков от Деда Мороза, в семье было заведено дарить подарки после боя курантов, и после боя курантов отец их бросил, — объявил свое решение сразу же после поздравления Брежнева. Всю новогоднюю ночь они с мамой просидели у мерцающей огоньками елки, листая Большую советскую энциклопедию, и вдруг над одной из страниц мама воскликнула: «О-о-о! Вот он!» На странице была картинка с подписью «Бородавчатая жаба Bufonidae». Мама велела Даше повторить десять раз: «Мой отец — вонючая бородавчатая жаба Bufonidae». Дашина мама была учительницей биологии.

Мама ненавидела биологию, страдала, что ей приходится работать в школе («Я бы не осталась в школе, если бы была замужем, если бы твой отец не разбил мне жизнь, ты поняла, ни-ког-да!»). Даша поняла — один человек может разбить другому человеку жизнь. Если ты женщина, твоя жизнь как хрупкий бокал в руках Простомужчины. Простомужчина разобьет твою жизнь с веселой небрежностью, а Хотябымужик разухабисто и страшно.

Отец появился дома в канун следующего Нового года, принес Даше подарки, два больших мешка. В мешках были платья, юбочки, кофточки и колготки, из которых выросла его новая дочка, колготки были рваные. К этому времени Даша уже знала, что он много лет обманывал маму, у него давно была другая семья, другая дочка. Другая дочка была младше Даши, но крупней, и вот ее платья, юбочки, кофточки, колготки. Мама велела Даше сказать отцу «Вы — бородавчатая жаба», именно так, на «вы». Даша сказала «Вы жаба», а что бородавчатая — не смогла. Ведь если ее отец бородавчатая жаба, то она — дочь бородавчатой жабы Bufonidae... Ну нет, решила Даша, всему есть предел.

В ту новогоднюю ночь они с мамой вдвоем смотрели «Голубой огонек» и методично рвали на лоскутки платья, юбочки, кофточки и колготки. Мама рвала и приговаривала: «Какая кричащая одежда, полное отсутствие вкуса! Например, это, вот что это такое, розовое в зеленый цветочек?! Чехов говорит, что розовое с зеленым — дурной вкус». Даша рвала и любовалась яркими лоскутками, ее собственная одежда была, как говорила мама, «интеллигентная и немаркая». Тихая и печальная одежда, чтобы Даша в ней тихо и печально сочеталась с маминой обидой. Когда маме так обидно, Даше носить яркие цвета нечестно.

У мамы были к Даше претензии. Нечестно, что Даша — дочь жабы. Нечестно, что Даша после ухода отца начала вести себя нечестно. Нечестно, что Даша всем нравится, умеет подлизаться, получить, что хочет. А какой был позор, когда возмущенные родители выяснили, что Даша устроила в школе товарообмен: меняла решенные задачки на жвачки и наклейки. Мама шлепала ее и кричала: «хитрован!», «бизнесмен хренов!» и «Скуперфильд!», все почему-то в мужском роде. При этом нелогично обвиняла ее в том, что у нее мозги набекрень. Даша вертелась под ее рукой и кричала: «Разве у бизнесмена хренова могут быть мозги набекрень?!» Мама отпустила Дашу и засмеялась: и правда, либо хитрить, рассчитывать каждый шаг, либо действовать спонтанно, бездумно.

Даша действительно часто, казалось, действовала спонтанно, например, на глазах у всех спрыгнула с балкона, со второго этажа. На самом деле прыжок был результатом анализа и планирования. Даша хотела, чтобы в нее влюбился «один мальчик», — и он влюбился, — а под балкон она заранее сгребла кучу листьев и зарыла в них одеяло. Мозги Дашины были не набекрень, а в точности на месте. В эти мозги были встроены весы, на которых шло непрерывное взвешивание: что от нее требуется и что она за это получит.

Как только отец ушел, маме тут же стало все равно, как Даша учится, как будто при отце все должно было быть хорошо и красиво, а без него — раз уж все пошло к черту, так пусть и Даша идет туда же, может стать двоечницей или начать курить. Это был Дашин личный выбор, не мамин: математический класс, разряд по шахматам, прочитать всю городскую библиотеку, и финальная награда за правильный выбор — серебряная медаль, золотая не получилась из-за четверки по биологии, ненависть к биологии Даша не смогла преодолеть. Трудно учиться там, где работает твоя мама, можешь метаться, биться в конвульсиях, как мышь в мышеловке, но спастись невозможно — в любой момент будь готова услышать «у биологички поехали чулки» или «у биологички поехала крыша». И что Даше было делать, умирать от стыда за маму, упростившую свою женственность и достоинство до бородавчатой жабы, размышлять о многозначности слова «ехать» в русском языке или думать о будущем? Даша предпочла планировать свое будущее, по три раза в день повторяла себе: «Ты достойна самого лучшего».

Денег у них не было. Не «мало денег», или «не хватает до зарплаты», или «нужно экономить», денег не было, как может не быть дома какого-нибудь предмета, к примеру — «у них не было пианино», его просто нет, и все. Мама творила что-то невообразимое: занимала, отдавала, продала свою шубу, чтобы купить Даше новый шкаф, затем продала шкаф — Даша пришла из школы, одежда лежит на полу в коробках, а мама говорит: «Зачем тебе шкаф, все равно мы с тобой нищебродки». Невроз? Природная импульсивность?

Среди множества прочитанных книг Даше попалась книга «Как себя вести», которую Даша выучила наизусть: когда-нибудь у нее начнется другая жизнь, другая прекрасная жизнь придет и узнает ее, и она будет к ней готова, — знает, как выглядит вилка для десерта и нож для рыбы, знает, что человеку старше тебя по возрасту и положению нельзя тянуть руку, нужно подождать, когда тебя представят, и... и многое другое. Умный человек сможет понять, как себя вести.

В сущности, ничего болезненного в Дашиных отношениях с мамой не было, в детстве Даша любила маму нежно и испуганно, считая, что они с мамой одно, подростком стеснялась «биологички», повзрослев, всячески выталкивала маму со своей душевной территории, закрывала границы на замок, мама каким-то образом всегда оказывалась по одну с ней сторону, просачивалась через границы со всеми ее обидами на жизнь, рассудительной несчастливостью, Простомужчиной с мамонтом, нищебродками. Но Даша не становилась такой же несчастной, напротив, сжималась в пружину, как будто собиралась выстрелить. Нетрудно понять, кто в их маленьком мирке был сильней, устойчивей, разумней, — Даша, конечно.

Лучше всего обо всем этом сказала сама Дашина мама, навсегда обиженная, но неглупая: «Я сижу в своей личной камере, но Даша не заперта со мной, она не даст мне испортить ей жизнь».

«Ее детство прошло в интеллигентной семье, где она получила...» — так о ней напишут в прессе. Она получила в своей интеллигентной семье что? Детскую психологическую травму, умение держать удар, боязнь нищеты, мантру «Простомужчина должен принести мамонта», городскую библиотеку, математический класс, отца — бородавчатую жабу Bufonidae, Чехова. Это и правда много.

Давид, Глаза на мокром месте

...фактором, наиболее часто и существенно влияющим на состояние мозга здорового человека, являются эмоции.

Н. Бехтерева

Начатые и брошенные мемуары Даши, 10 лет

Это как будто я уже старая и пишу мемуары о своей жизни.

Я уже старая, мне 45 лет. Я добилась всего, чего хотела. Я живу на острове в океане. Я ничего не боюсь, я в полной безопасности. У меня много денег и красивый дом. У меня постоянный доход. Сколько бы я ни тратила, денег никогда не станет меньше. Я не боюсь, что деньги закончатся и наступит нищая старость.

Я каждый день гуляю по пляжу, потом сажусь в кресло, смотрю на океан и пью коктейль «Вишни в шампанском». Коктейль приносит моя горничная. У меня так много денег, что я навсегда счастливая. В своих мемуарах я расскажу, как я этого добилась.

Начнем с детства.

Мои первые деньги я заработала в третьем классе. Я работала в паре с фотографом. Зазывала народ: «Кто хочет сфотографироваться с чучелом совы?» Фотограф требовал, чтобы я говорила «с совой», а не «с чучелом». Но ведь это было чучело.

Мои первые заработанные деньги я отдала маме. Мама сказала, что у меня нет ни стыда ни совести. Что я не должна бегать и зазывать народ, а должна расти доброй, гордой, верной и, главное, порядочным человеком. Но я не согласна. Если ты добрая, тебе сядут на шею. А если ты гордая, то ничего и не получишь. А если ты верная, тебе скажут: «Ты нам надоела, пошла на фиг». Я решила, что буду верна только самой себе и своей маме, а со всеми остальными я буду жить хитростью и обманом.

Из комментариев к постам в Инстаграме Беаты Ленцкой

Безнравственная, наглая, циничная, корыстная! Не понимаю, как ее земля носит!

Я ее обожаю, у нее такой замечательный внутренний мир, она заслужила счастье!

Да не дай бог у нее еще что-нибудь получится! Ни стыда ни совести у нее и у всех, кто ее поддерживает!

Вы сами мечтаете быть такой, только у вас не хватает красоты и ума!

Разъевшийся Винни-Пух в зеленом бархатном пиджаке дяди Вано приехал в Ленинград познакомиться с отцом. Когда я говорю «разъевшийся Винни-Пух», я имею в виду, что я уже был толстым до того, как поправиться. Если нормальный человек прибавляет в весе, в этом нет ничего, кроме самого факта лишних килограммов, а когда «гасиэбуло» вдруг выбухнет из своих прежних очертаний, это совсем другое дело, — у него не остается надежды. Он, то есть я никогда не стану таким, как все, всегда буду другим... толстым и еще толще, другим и еще другее.

Зачем я приехал? Придумал, что мне необходимо понять, что за человек мой отец, чтобы понять себя. Вот глупый пухляк с опилками в голове!

Нино бэбо нарядила меня в главный пиджак нашего двора (в пиджаке дяди Вано женились несколько моих соседей-одноклассников). Она, наверное, надеялась, что, увидев такого модного бархатного сына, отец не сможет им не очароваться. Свою нелепость я осознал в ту же минуту, как только самолет приземлился в ленинградском аэропорту: вокруг все было серое, серое небо, серый дождь, серый туман, и я, совершенно не подходящий своему родному городу, слишком бархатный, слишком зеленый. Поверх пиджака дяди Вано на мне была кожаная куртка дяди Вано. Нино бэбо сказала: «В этой куртке ты будешь чувствовать себя на коне». На каком коне?! Куртка стояла колом, полы зеленого пиджака торчали из-под куртки... Увидев меня, отец вежливо улыбнется и подумает: «Напыщенный провинциал». Или просто: «Вот чучело».

А что, если отец спросит, есть ли у меня девушка? Захочет проявить внимание, сблизиться и спросит... С чего бы умный человек, профессор, станет задавать такой вопрос едва знакомому сыну? Но я вдруг испугался, что задаст... Я ведь не умею врать, — и он поймет, что в свои 27 лет я еще не начал сексуальную жизнь. Я скажу: «У меня нет девушки и никогда не было». Это было первым, что я думал о себе: «Мне уже... а я еще не...» Не «я биолог», или «я внук Нино бэбо», или «после того как моя статья была опубликована в «Das Magazin fur Biowissenschaften» меня пригласили прочитать доклад на конференции во Франкфурте», — а «мне уже... а я еще не...».

Странно, что это было первое, что я думал о себе. Я всегда испытывал неловкость и стыд, когда во дворе обсуждали секс: разумное существо, ощущающее радость от познания, научного открытия, от музыки Баха, не должно получать удовольствие от всего-то генитального контакта. И природа подтверждает: оргазм — одно из немногих состояний, когда лобная кора спит.

Я сейчас говорю о сексе не потому, что я хочу говорить о сексе, а для того, чтобы начать думать о сексе. Чтобы не думать, успел ли отец получить мою телеграмму. Я просил не встречать меня. Телеграмму я дал в последнюю минуту перед отлетом из Тбилиси, сообразив, что при встрече в аэропорту выйдет ужасная неловкость: отец начнет похлопывать меня по плечу, мы оба будем натужно улыбаться, проявляя преувеличенную радость... и о чем нам говорить по пути домой?!

Дождь пошел, как только я ступил на трап, зимой — дождь! Я закрыл куртку руками, — спасать, Нино бэбо предупредила меня: в Ленинграде большая влажность, куртку нужно беречь от влажности, — я обязан вернуть куртку во всем ее великолепии. И вот, дождь... За несколько минут, что я шел к автобусу по летному полю, куртка сморщилась, мохеровый шарф (гордость Нино бэбо — «А я тебе говорю, бери, никто не догадается, что это женский шарф») превратился в мокрую тряпку, замшевые туфли стали похожи на размокшие пироги. Бэбо сказала: «Именно в твоем облике очень важна аккуратная обувь». Почему именно обувь? Почему именно в моем облике? Как я предстану в этих пирогах перед отцом?

Что, если мы с отцом не полюбим друг друга? Что, если мы с его дочкой не подружимся? Я боялся встречи с Эммой, дочерью отца, чуть ли не больше, чем встречи с отцом, — из-за неопределенности своего положения. Нино бэбо говорила: «Отец, как ни крути, это отец, а жену отца нужно просто перетерпеть», но вот дочь отца, она мне сестра или нет? «Твоя сводная сестра», — говорила Нино бэбо. По ударению, которое она делала на «сводная», было понятно, что она не считает это безусловным родством. Я приехал в студенческие зимние каникулы не без тайной надежды, что не застану Эмму. Она ведь студентка, могла сдать сессию и уехать на каникулы в какое-нибудь модное место. ...Отец меня не встретил. Я очень нервничал из-за того, что потею. Предстать перед отцом с кругами пота под мышками, что может быть хуже?.. Когда нервничаешь, нужно глубоко дышать. Обычно эта противная внутренняя дрожь исчезает уже на седьмом вздохе. Но сейчас мне бы и 170 вздохов не хватило.

...Второй дом от Невского по Фонтанке, грязно-розовый особнячок с огромными окнами, неужели я тут жил, я ведь ничего не помню... Я повторял про себя: «Мой дом в Тбилиси, мой дом в Тбилиси...» Нино бэбо сказала на прощанье: «Всегда, каждую минуту помни, твой дом в Тбилиси!» — и, схватив меня за пуговицу, сильно потянула к себе. Как будто пыталась вернуть, но разве я пытался убежать от нее? Пуговицу оторвала, хотела пришить и забыла.

...Нет, Ленинград не конкурент Тбилиси в моем сердце! Тбилиси — платаны на улочках, идущих то вверх, то вниз, старая шелковица во дворе, разноцветное белье на деревянных балконах, запах уцхо-сунели и рейхана из окон, и всегда кто-то кричит: «Картошка!», «Мацони!», «Мороженое!», «Точу ножи!», и солнце, солнце. А тут серый туман-серый дождь. Вход со двора.

В лифте я снял куртку, остался в пиджаке. Доехал до пятого этажа, представил, как отец открывает мне дверь, видит меня и думает: «Вот эта зеленая гора — мой сын?» — и нажал кнопку первого этажа. Пока ехал вниз, думал... когда я думаю, я тоже потею, наверное, от того, что у меня лишний вес. Не только когда нервничаю, когда просто думаю, тоже потею. Сейчас я нажму кнопку, поеду наверх, позвоню в дверь, увижу отца и Эмму. И сразу скажу небрежно, как бы между прочим: «Я всего на неделю». Хозяева должны знать, на сколько приехал гость.

Открытки, которые мы с Нино бэбо посылали в Ленинград на Новый год и Первое мая, были подписаны «Привет и наша любовь жене и дочери», а в ответных открытках всегда было «Привет от Эммы». Это ведь просто слова, что, если Эмма отнесется ко мне как к самозванцу? Тем более я и есть самозванец, сам напросился в гости. Я столько раз представлял себе встречу с отцом и всякий раз мысленно сжимался и прикрывал голову руками, как будто в меня целятся и сейчас ранят. И это будет больно. Но сейчас я ничего не представлял, просто думал, как жаль, что дезодорант зарыт в чемодане. Чтобы успокоиться, подумал о приятном — о лобной коре. О том, как мне повезло, что я буду заниматься лобной корой. Для всех, конечно, по-разному, но для меня лобная кора самая интересная, волнующая часть мозга, большая часть генов работает в лобной коре, с одной стороны, лобная кора отвечает за стратегию, с другой — за сдерживание импульсивных порывов... Пятый этаж. Передняя часть лобной коры, префронтальная кора принимает решение, делает выбор — позвонить в дверь или уйти, префронтальная кора посылает импульс — позвонить или уйти, она связана с премоторной корой, а та, в свою очередь, с моторной корой, которая отдает приказ мускулам, и вот уже человек звонит в дверь... или уходит.

Моя лобная кора не справлялась с эмоциями: я надел куртку, снял галстук (глупо быть в галстуке, ведь это не официальное мероприятие), положил галстук в карман пиджака и опять снял куртку, снял пиджак, затолкал в сумку, надел куртку. И опять поехал вниз. Внизу суетливо достал пиджак, предварительно вынув из кармана галстук, надел галстук — в галстуке все-таки солидней, или нет, в галстуке глупо... Так и ездил в лифте вверх-вниз, снимал-надевал куртку, снимал-надевал пиджак... Какое счастье, что нас никто не видит, когда мы одни в лифте.

А что, если у них кошка? Какой будет стыд, если я с первой минуты начну чихать! У меня мгновенная аллергическая реакция. Уместно ли будет спросить Игоря Сергеевича, аллергия на кошек — это наследственное? И еще — не было ли у меня в роду полных? ...Но как мне его называть? Обращение по имени-отчеству нетактично, подчеркивает, что мы чужие люди... Папа? «Папа» звучит по-детски и фамильярно, какой он мне папа? Про себя я думаю о нем «отец», но вслух это звучит грубо... или ничего? Отец каждый год присылал поздравление с Новым годом, а на день рождения свою фотографию — на фоне Медного всадника, на Дворцовой площади, в Летнем саду, у входа в Ленинградский строительный институт. Отец — профессор кафедры железобетонных и каменных конструкций.

А что, если я не смогу сдержаться и заплачу? В детстве я плакал чаще, чем в Ленинграде шел дождь, плакал в кино, плакал перед огромной тарелкой еды, когда Нино бэбо, посверкивая глазами, командовала: «Все съесть!», плакал от жалости к Нино бэбо, когда она торжественно говорила «ладно, я разрешаю немного оставить», отделяя вилкой такое крошечное «немного», что к жалости добавлялась обида, и я плакал еще горше. Бэбиа кормила меня с уговорами («съешь это ради меня»), шантажом («я умру, если ты не доешь»), криками и плачем («если ты не доешь, я не знаю что сделаю!»). Бэбиа кричала, я ел, бэбиа, плакала, я ел...

Однажды Нино бэбо подарила соседскому ребенку мою игрушку, крысу Виолетту Семеновну, названную в честь моей любимой учительницы. Я крепился, стараясь не заплакать, но бэбиа то и дело подозрительно спрашивала: «У тебя опять глаза на мокром месте?» От этого «опять» глаза немедлснно стали на мокром месте. Я заплакал: «Ты зачем отдала мою крысу Виолетту Семеновну?! Ты ведь знаешь, что я жадный мальчик! Ты же знаешь меня! Ты же мать!» Нино бэбо и сама плакала, когда вспоминала об этом, ей было приятно, что ребенком я считал ее матерью. Она не возражала, она так хотела быть для меня всем, что если бы могла, то назвалась бы и матерью, и отцом. Мы с ней оба считаем, что от того, что я воспитывался без отца, мне недостает мужественности.

— Эмма, это Давид из Тбилиси, — сказала жена отца.

— Вы папин аспирант? — прозвенела Эмма.

Голос у нее был, можно сказать, как колокольчик, а можно сказать, что писклявый. Я еще не знал, нравится она мне или нет.

Мы стояли друг напротив друга несколько секунд, я, бархатно-зеленый толстяк, с глупо торчащим из кармана галстуком, и они втроем. Прежде чем рассмотреть своих новых родственников, я увидел массивный старинный шкаф, кожаное кресло, резную вешалку, бронзовую люстру, как будто из музея, с хрустальными подвесками в виде павлинов, а вот отец, его жена и дочь казались мне белыми пятнами. Это особенность восприятия: одни сначала видят на картине центральную фигуру, а другие — детали пейзажа; я из тех, кто видит детали пейзажа.

— Эмма, это нет... не аспирант, это сын твоего папы из Тбилиси.

— Что?.. Сын, какой сын?.. У папы была другая жена? У папы была жена в Тбилиси?.. Я не понимаю... Вы мне не говорили, что у папы есть сын...

Я почувствовал, как ей трудно, я имею в виду жену отца, Алену Сергеевну. Она сказала не «сын», а «сын из Тбилиси», что отправило первый брак отца в далекую даль. Наверное, она хотела быть не второй женой, а просто женой, единственной. Писклявой Эмме не рассказали обо мне, не показывали открыток с видами Тбилиси, на которых было написано «наша любовь жене и дочери». Почему?

Все это — общее смущение и настороженность — выглядело так, будто между мной и отцом было что-то стыдное, нехорошее. К примеру, Игорь Сергеевич бросил мою мать беременной без помощи или отказался от меня в младенчестве. Если бы брак моих родителей был разрушен из-за любви к Алене Сергеевне, если бы был драматический развод, когда бросают, уходят, — в этом случае у Эммы мог бы возникнуть вопрос: если ее отец ушел от одного ребенка, где гарантия, что он не уйдет от нее самой?.. Но никакого ухода, развода не было! Отец не совершил ничего плохого, не бросил меня, регулярно посылал деньги и фотографии. Почему они не рассказали эту историю Эмме, такую простую и однозначную? Если я найду объяснение, то вроде бы уже не на что обижаться. ...Ну, допустим, сначала отец не хотел травмировать Эмму, а потом думал «расскажу завтра». Если не расскажешь о чем-то сразу, потом трудно рассказать: получается, придаешь этому слишком большое значение.

— Значит, вы мой брат... мой брат?!

Эмма ошеломленно оглядела меня, потом отца, потом Алену Сергеевну. И бросилась мне на шею. Да! Обняла меня. Я ожидал чего угодно, то есть, наоборот, я ничего не ждал...

Эмма обнимала меня, я обнял Эмму. Моя сестра была такая, не знаю, как сказать... хорошая девочка, от которой пахнет детским мылом, родительской любовью, книжками, поцелуем на ночь. Я почувствовал, что она плачет, успевшая высохнуть в автобусе куртка промокла, как будто снова пошел дождь. Надеюсь, никто не заметил, что я тоже заплакал.

— Эмма, закрой Диккенса! — насмешливо велела жена отца.

— На нашем семейном языке это означает «прекрати плакать, будь рациональной». Моя жена считает Диккенса излишне сентиментальным, — пояснил отец. — А ты читал «Записки Пиквикского клуба»? Ну, или хотя бы «Домби и сын»? Ты вообще любишь Диккенса? Джейн Остен? Теккерея?.. Я назвал Эмму в честь Эмилии, героини «Ярмарки тщеславия».

Ничего я не читал, ни Диккенса, ни Теккерея! Разве не странно первым делом спросить сына, которого не видел с детства, любит ли он Теккерея и Диккенса? Но ведь я тоже странный! Кто только что катался в лифте, снимая и надевая пиджак, у кого из кармана торчит галстук? Вот именно. Мы с ним похожи тем, что от волнения ведем себя странно.

Если человек говорит, что любит что-то, я ни за что не скажу «а я нет». На конференции во Франкфурте мне целую неделю пришлось есть на завтрак омлет, а у меня аллергия на яйца в любом виде. Мой сосед по столу из Пражского университета сказал, что любит омлет, вот мне и пришлось... К концу недели я был желтый. Сейчас мне очень хотелось, чтобы между мной и отцом обнаружилось сходство и отец сказал бы: «Какая все же непобедимая вещь — гены» или «М-да, гены — это все». Я кивнул, потом покачал головой, и вышло что-то между «конечно, да» и «вообще-то нет».

Так мы с Эммой стояли и плакали. Эмма меня переплакала, вообще-то она переплакала бы любого. Как я потом узнал, она обливалась слезами по любому поводу.

— Ты, ты... такой красивый, — сквозь слезы сказала Эмма.

Я красивый?! Я бомбовоз.

Эмма была прозрачная нежная красавица, а я бомбовоз. В детстве меня дразнили «бомбовозом» или «гасиэбуло» (что-то вроде набухший), называли «бутхуз» или «пончик», иногда по-грузински «скело» (толстяк). Самое обидное было «мдзгпэнис бочка» — бочка с дерьмом. Однажды я на перемене подвернул ногу, не сразу смог встать, и девочка сказала: «Лежишь тут, как мдзгпэнис бочка». Меня дразнили сразу на двух языках, русские дразнилки в грузинском варианте звучали особенно обидно, вроде как ты бочка с дерьмом сразу на всех языках.

Ну, тут уж ничего не поделаешь, дразнят — терпи.

Когда орбитофронтальная кора мозга оценивает привлекательность человека, главным критерием служит симметрия: чем симметричней лицо, тем привлекательней (даже самцам шимпанзе больше нравится запах самок с симметричными лицами). Ни для кого не имеет значения, какое у меня лицо, все видят только главный признак, — что я толстый. Эмма проявила настоящую доброту, только по-настоящему добрый отвлекается от главного признака.

Ответить на вопрос, кем был мой отец, очень легко — профессор, доктор технических наук, англоман, любитель Диккенса и Теккерея. Но ведь это тоже внешнее, а каков он внутри? А вот какая Эмма, стало ясно сразу, — добрая. Если подумать, добрые встречаются гораздо реже, чем умные: я знаю не меньше сотни умных, а добрых — никого. Добрая — только моя сестра Эмма. Нино бэбо говорила про вкусный лаваш «о-о, это бриллиант среди лавашей», или про красивую шляпку «это бриллиант среди шляпок», и никогда это не относилось к человеку, но если бы она познакомилась с Эммой, то обязательно сказала бы «о-о, это бриллиант среди людей!».

Когда я прочитал роман (до пятьдесят шестой страницы и бросил), я заметил удивительную вещь: героиня Теккерея Эмилия — красивая и добрая, небольшого ума, любила поплакать. Все эти качества совершенно непознаваемым образом передались Эмме. Зеркальные нейроны мозга заставляют нас подражать тем, с кем мы растем: Эмма «похожа» на нашего общего отца, а я «похож» на Нино бэбо. Но чтобы человек вырос похожим на литературного персонажа, от которого получил имя! Звучит абсолютно ненаучно, но Эмма была вылитая Эмилия, красивая и добрая.

И я, конечно, сразу же полюбил ее.

«Он твой отец, а ты его сын, все пойдет как по маслу», — пообещала мне Нино бэбо. Но ничего не пошло по маслу.

Мы мучительно ужинали. Алена Сергеевна обращалась ко мне «Давид», а отец — «Дима», но ни «Давид», ни «Дима» не были мной. Я все слышал и понимал — Алена Сергеевна командовала: «Давид, попробуй салат, Эмма, возьми пирог», отец иронически отозвался: «Они оба слишком полны чувствами, чтобы в них осталось место для салата оливье или пирога с капустой». Я был так «полон чувствами», что в какой-то момент перестал чувствовать что-либо вообще, больше не составлял единое целое со своим телом, ничего не чувствовал, не переживал, словно смотрел на мир из-за стекла.

Отец спрашивал, как поживает бабушка, еще о чем-то, я отвечал на все «хорошо». На вопрос, что бы я хотел увидеть в Ленинграде, ответил «хорошо», отец с женой обменялись взглядом, в котором ясно читался вопрос, не идиот ли я. Рассказывать о Нино бэбо, о себе было так же трудно, как произнести грузинскую скороговорку «Шевардэнма шав шашвс шишис шадрэвани шеапрквиа шашви шрошнис штозэ шехта, шрошанма што шеархиа». «Ты ничего не ешь, тебе не нравится?» — спросила жена отца, и я попытался разрезать мясо, кусочек вылетел из-под ножа и шлепнулся на стол. Все сделали вид, что не заметили расплывающийся по скатерти желтый майонезный шлепок, и Эмма тут же начала рассказывать, как сдавала сессию на филфаке, на последнем экзамене по теории перевода ответила плохо, спросила, можно ли пересдать. Экзаменатор сказал «нет», она вышла, заплакала...

«А дома открыла зачетку, чтобы еще поплакать, а там пятерка... представляешь?»

Если бы нам с Эммой было лет по десять, она сказала бы «давай дружить», но мне было двадцать семь, Эмме должно было завтра исполниться двадцать. Она, конечно, понимала, что я жутко стесняюсь, что отец не знает, о чем со мной говорить, все это натужно и никого не радует, и вскоре замолчала, сидела, выковыривая вилкой горошинки из салата, виновато поглядывала то на меня, то на родителей.

«А как ты учишься?» — спросил отец. Он забыл, что я уже не школьник, а кандидат наук? Если бы я рассказал, что моя статья была опубликована в «Das Magazin fur Biowissenschaften», он не забыл бы.

Я всегда хорошо учился — для бэбо. Я боялся, вдруг Нино бэбо вызовут в школу, и она будет выглядеть в глазах учителей недостаточно великолепно, совершит что-то, за что над ней будут смеяться. Я был готов сто раз быть униженным самому, но представить, что унизят ее, было нестерпимо. Мне были интересны только химия и биология, но я хорошо учился, чтобы бэбиа приходила в школу как триумфатор, со скромно-гордым выражением лица. Чтобы мне не нужно было беспокоиться, что в школе ее кто-нибудь обидит или унизит. Бэбиа жаловалась соседкам лишь на мой аппетит: «Давидик плохо кушает, с трудом впихиваю». ...Интересно, стал бы я толстым, если бы жил в Ленинграде, с отцом? Все дело в хачапури и хинкали, запихнутых в меня любовью Нино бэбо, или и без нее все было бы точно так же, только вместо «гасиэбуло» и «мдзгпэнис бочка» меня называли бы «жиртрестом»?

Ох, конечно, все эти размышления не сделали меня приятным собеседником... Отец сидел с непроницаемым лицом, его жена поглядывала на часы... Честно говоря, их можно было пожалеть: у них в гостях незнакомый толстый человек, смущается и краснеет, еле цедит слова... Я раздумывал, можно ли уже в семь вечера объявить, что устал с дороги и хотел бы лечь спать, или подождать до восьми, и тут раздался звонок. Звонок в дверь.

Эмма бросилась в прихожую с криком «я сама открою!», и тут же из прихожей зазвенел колокольчик — «ой, ой, ой!»...

— Вот дурында, так явно демонстрировать свои чувства... — недовольно сказала Алена Сергеевна, прислушиваясь к восторженным звукам из прихожей.

— Искренность и безыскусность... и наивность... всегда имели свою цену, — заметил отец.

— Только в твоих романах! — оборвала его Алена Сергеевна. — Просто у одних женщин от природы есть умение держать мужчин в кулаке, а у других нет. Эмма совсем не умеет с ним обращаться, что это за «ой-ой-ой»?! Тем более этот Глеб...

И тут появились Эмма и... она. Не «этот Глеб», с которым Эмма не умела обращаться, а незнакомая им, судя по равнодушному молчанию, девушка.

— Смотрите, кто к нам пришел! Мама, папа, это же Даша! Ну, вспоминайте, — возбужденно зазвенела Эмма. — Помните, когда я была в шестом классе, мы ездили в Витебск? Мы с Дашей подружились, потом переписывались... Даша прислала мне мемуары о своей жизни, помните, вы смеялись...

— Я Беата, Даша — мое детское имя, — поправила девушка. — В детстве мне не разрешали говорить о своем польском происхождении. Моя мама из знатного польского рода Ленцких.

Она говорила с чудесным акцентом, пришепетывала и растягивала слова.

— Ты пела у входа в парк «Надежда, мой компас земной» и собирала деньги в панамку, — вспомнила Алена Сергеевна. — Потом оказалось, что ты живешь рядом с нами... но мы были не в восторге от твоей дружбы с Эммой.

По-моему, нетактично говорить кому-то, что он не слишком хорош для их ребенка.

— Мне была нужна сумочка... белая, лакированная, с вишенкой. Вот я и ходила по кругу, как медведь с шапкой. Хотела сумочку.

Беата сказала все это без всякого смущения, как будто она иронизирует над собой и одновременно гордится, — и твердо решила постоять за себя. Я бы умер на месте, если бы кто-то сказал, что я пел в парке за деньги, да и бесплатно тоже. Нино бэбо часто по разным поводам говорила «нужно бороться за свое достоинство», а я не понимал, как бороться, достоинство либо есть, либо нет. У Беаты есть.

Я не могу описать внешность Беаты, формальное описание не дает представления о ней: формально она была похожа на зайца. Смущенного зайца с большими глазами. Не знаю, бывают ли рыжие зеленоглазые зайцы, она была рыжая, и зелеными глазищами накрепко приклеивалась к тому, на кого в тот момент смотрела, и казалось, что она говорит себе одновременно «вперед», затем «стоп» и затем «нет, все-таки вперед!». Но это не главное. Когда встречаешь такую девушку, активизируется дофаминергическая система: возникает ощущение, что без нее не было жизни и только рядом с ней стала жизнь. Где я встречал таких девушек?.. Видел по телевизору. Например, если смотреть по телевизору выступление ансамбля песни и пляски, то там все одинаковые: красивые, хорошо танцуют. Но вот одна как-то особенно улыбается, особенно танцует, одна из всех живая и настоящая. Вроде бы все на сцене, но на ней одной свет.

Тем временем ситуация прояснилась: Беата приехала с золотой медалью, поступила на биофак (вот совпадение — биофак, она будущий биолог!), сдала первую сессию. А сейчас зашла к Эмме извиниться, что когда-то прервала переписку, у нее сохранился с того времени конверт с адресом. Почему только сейчас, ведь она уже полгода в Ленинграде? Потому что — первый курс, сессия, сессию сдала блестяще.

— Ты должна остаться, хоть ненадолго, ведь мы так давно не виделись! — попросила Эмма.

Алена Сергеевна поморщилась:

— Не многовато ли провинциалов в одной комнате: Давид из Тбилиси, Беата из Витебска...

Ух ты! Оказывается, есть люди, которые запросто говорят то, что думают, и им это сходит с рук.

— В нашей стране много городов, следующий гость будет из Риги или из Еревана... или из Киева, — засмеялась Беата.

У нее была заметная щербинка между зубами, жаль, что ее в детстве не отвели к стоматологу. Я в детстве носил пластинку.

Беата осталась.

Не знаю, что сделала Беата, отчего все так оживились, ничего не сделала. За пять минут смела остатки салата оливье. Нино бэбо расстроилась бы при виде того, с каким аппетитом ест Беата: чей-то хороший аппетит ее озадачивал, она говорила «почему-то другие дети уписывают за обе щеки», словно она могла бы добиться этого и от меня, но недостаточно хорошо выполняет свой долг.

Беата ела так радостно, что вслед за ней все еще раз принялись за еду. С Эммой они переглядывались и хихикали, как десятилетние девочки. Беата улыбалась Алене Сергеевне, почтительно поглядывала на Игоря Сергеевича, как будто кто-то научил ее, как всем понравиться, всех очаровать. А я (и отец, по-моему, тоже) почувствовал огромное облегчение оттого, что Беата заполнила собой все пространство: можно было больше не быть обязанным демонстрировать чувства, которых на самом деле не испытывал. Я имею в виду, что, может быть, мне не стоило приезжать и лучше было бы оставить все, как есть.

— Скажи что-нибудь по-польски, польский язык такой красивый... — попросила Эмма.

— Чекам пшийдь пшытул, — прошелестела Беата.

Это была фраза из фильма «Четыре танкиста и собака», я этот фильм знаю наизусть.

— Мой папа художник. Он очень рассеянный, как все творческие люди... Папа говорит, не отходя от мольберта, «где обед?», а мама — «я не кухарка», а папа — «оставь свой польский гонор», а мама — «не надо было брать жену из рода Ленцких», и они смеются.

— Вас не Бекки Шарп зовут? — спросил отец.

Я не знал, кто такая Бекки Шарп, но, очевидно, отец как-то недобро и обидно для Беаты пошутил, потому что Эмма испуганно вскинулась: «Ну, папа...».

— Ой, да, точно! — воскликнула Беата. — Отец Бекки Шарп — художник, а мать — француженка из рода Монморанси. Мой папа художник, а мама полька из рода Ленцких... Бекки Шарп — хитрая авантюристка, и я... тоже хитрая.

Беата обезоруживающе улыбнулась. Щербинка между зубами вообще-то выглядит очень мило.

Отец привстал и шутливо поклонился:

— К тому же у вас, как у Бекки Шарп, быстрый ум!.. А ваша мама чем занимается, кроме того, что она из рода Ленцких?

— Мама умерла. Прошло семь месяцев, пять дней и два часа. Знаете, Ленинград, университет... вот, встреча с Эммой, все это так здорово, но... Мама умерла внезапно, во сне.

Эмма бросилась к Беате обнять, но не решилась, замерла, пораженная огромностью ее горя. Алена Сергеевна кивнула: «Сочувствуем». Отец сказал:

«Ну что же, все мы когда-нибудь, так или иначе...», и Эмма посмотрела на него отчаянным взглядом, как будто он прямо сейчас подвергается ужасной опасности.

Вечер прошел так тепло и весело, как будто мы семья. Наконец-то я что-то узнал о своем отце: он не здесь. Делает вид, что здесь, с нами, но на самом деле ему ничего неинтересно, кроме Диккенса и Эммы. Он оживился, только когда Беата завела с ним разговор об английской литературе. Она смотрела на отца, подавшись вперед и не сводя с него восторженных глаз, а когда он делал паузу, она вопросительно повторяла его последнюю фразу, будто закидывала удочку, и он тут же продолжал. Это... это вызывает уважение. Я имею в виду, когда человек так увлечен чем-то своим.

Впрочем, было и кое-что неожиданное, противоречащее этому образу. Неожиданным оказалось то, что мой отец поет. Поет смешные старые песенки, которые иногда пела и Нино бэбо: «Дамы, дамы приглашают кавалеров, там, где галстук, там перед». Может быть, эти песенки пели в семье мамы, но разве филологи могли петь такие песни?.. Но может быть, это была шутка, они пели с иронией? Отец пел без улыбки, с печальным лицом. «Дамы, дамы, помогите Боре, помогите Боре, вам говорят!

Он наделал лужу в коридоре... Шаг вперед и два назад...» Вероятно, он может быть очень обаятельным человеком, если захочет проявить обаяние.

«Какая у вас прекрасная семья», — сказала Беата, и Эмма заторопилась: «Мы семья, все четверо», а Алена Сергеевна подтвердила: «Ну, конечно, кто спорит, мы семья». Сказанное вот так, по обязанности, при чужих, ничего не значит, но благодаря Беате вечер прошел так, будто мы и правда семья.

— Ты в общежитии живешь? Тебе на метро надо ехать, — с таким ужасом сказала Эмма, будто Беате нужно ехать на метро в Африку, но тут же испугалась, что это может быть истолковано как снобизм, поправилась: — Ты завтра приедешь? Давайте все вместе в Эрмитаж пойдем, а потом к нам обедать...

— Знаешь, Беата, какое у Эммы в детстве было любимое занятие? Делиться. Ну, что-то типа «те, кому повезло в жизни, должны делиться с теми, кому повезло меньше». Сейчас она хочет поделиться с тобой Эрмитажем и обедом. И обдумывает, что еще можно для тебя сделать, — засмеялась Алена Сергеевна, всем своим видом показывая, что сделать ничего нельзя, Беата сейчас отправится в свою жизнь, а они останутся в своей и думать забудут об этой обаятельной девочке с польским акцентом.

Игорь Сергеевич вышел из комнаты, вернулся и протянул Беате деньги — вот, возьми на такси.

— Ну что вы! Это же *деньги*... — отпрянула Беата, словно Игорь Сергеевич держал в руке не мятую зеленую трешку, а змею или крысу.

Отец пожал плечами:

— Ну, как хочешь, тогда до свидания.

— Оставайся, — скомандовала Алена Сергеевна и уточнила, чтобы ясно было, что Беата приглашена не на одну ночь: — Оставайся на всю неделю.

Отец взглянул на Алену Сергеевну с удивлением, а Эмма бросилась обнимать Беату, потом мать, заодно и меня обняла.

Вообще-то это была гениальная идея — предложить Беате остаться на *всю* неделю. Нам предстояло еще шесть мучительных вечеров, когда непонятно, о чем говорить, и такая неловкость висит в воздухе, что хоть режь ножом. В присутствии Беаты все будет легко и приятно: одно дело — неизвестно зачем приехал взрослый сын от первого брака, и совсем другое дело — в семье гостит молодежь. Мы будем проводить время втроем, днем гулять по городу, вечерами разговаривать и смеяться, и у всех останутся хорошие воспоминания, и Эмма будет довольна, и доброе дело для бедной провинциальной девочки сделается само собой. Я понял это не потому, что я такой умный и понимаю тайные причины, движущие людьми. Совсем наоборот, от природы я плохо понимаю людей, стесняюсь разговаривать, особенно о себе (ни одному человеку я не рассказывал, как очутился в Тбилиси, хотя это вовсе не «страшная тайна»), в общем, я всегда держусь в стороне и просто наблюдаю.

Беата отказалась. С этим своим чудесным польским пришепетыванием произнесла: «Большое спасибо, но это неудобно». Алена Сергеевна удивленно сказала: «Раз я тебя пригласила, значит, удобно», и отец сказал: «Оставайся, поговорим о Бекки Шарп», а Беата отказалась! Она была похожа на ребенка, который хочет взять побольше конфет, но из приличия делает вид, что вообще конфет не хочет.

Но они все-таки уговорили ее остаться.

Почему никто не заметил, что она врет? Ну, какая же она полька из знатного рода! Она просто наивный заяц, который уверен, что так ловок во вранье, что кроме нее никто не вспомнит фильм «Четыре танкиста и собака». Почему я один так ясно видел Беату, будто на нее был направлен рентгеновский свет: вот ее мысли, вот ее желания, вот ее страхи, вот она хочет остаться, вот старается не показать, что в душе прыгает от счастья. Почему другие ничего не заметили? Что ее польский акцент то полностью пропадал, то появлялся, когда она о нем вспоминала? Что в глазах у нее бегают чертики, иногда вырываясь из-под контроля? Что она полна другими словами, не теми, которые произносила вслух, и чувствами, которые приберегает для себя? Что она каждую минуту была разной, то наивно распахивала глаза, то усмехалась умно, и ее умелый способ вести беседу был инструментом, чтобы понравиться? Между прочим, все это говорит о высоком качестве ее мозга: префронтальная кора, отвечающая за планирование, контроль эмоций и поведения, заканчивает формирование к двадцати пяти годам, а ей всего восемнадцать.

Беата согласилась остаться, и все вдруг так обрадовались, разговорились, развеселились, что разошлись только в полночь. Беату разместили в комнате Эммы, меня в соседней комнате, маленькой комнатке, за одной стенкой были девочки, а за другой кухня, и я еще долго слышал, как они болтали и смеялись, потом пошли на кухню, хлопали дверцей холодильника, неужели они были голодны после такого долгого ужина?

Я слышал разговор девочек, как будто они сидели рядом со мной на кровати. Постучать в стенку я не решился, закрыл глаза и начал считать овец.

Мне повезло, что удалось не подслушать чужие секреты: стенка приглушала голос, и можно было только гадать, кому принадлежат слова, что говорила Беата, а что Эмма.

Первая овца, вторая... пятьдесят первая овца, пятьдесят вторая... Но как они могли так откровенно разговаривать, так мгновенно подружиться, ведь они, в сущности, увидели друг друга впервые, разве можно принимать в расчет детскую симпатию и детскую переписку? Девчонки.

... — Секс? Нет. Кусочек чужого тела, засунутый в меня, никогда не будет иметь значения для моей жизни.

Кто это сказал? Эмма? Беата?

Смех, возня.

... — Любовь? Нет. Как только я понимаю, что он влюбился, я сразу же теряю интерес. Он мне больше не нужен.

Это Беата сказала?

— Это значит, что ты подсознательно не веришь, что тебя можно любить. Так бывает, когда в детстве было предательство: ты считаешь, что ни на кого нельзя положиться. А у меня другое: я все время боюсь, что меня бросят, изменят, уйдут.

Это Эмма?

— Так бывает, когда в детстве было предательство: ты подсознательно считаешь, что ни на кого нельзя положиться.

Это Беата пошутила, у нее острый ум.

Смех, возня.

— Я всегда выбираю людей, которые мне не подходят. Мне нужен надежный человек, а мне вечно попадаются какие-то инфантильные малыши.

Это Беата сказала.

— Надежного человека хотят те, кто ищет отца. Но нам же с тобой не надо искать отца, у нас обеих прекрасные отцы!

Это Эмма.

— Да, у меня прекрасный.

А это Беата.

Смех, возня.

...Сто двадцать вторая овца, сто двадцать третья... Каждому известно, что на квантовом уровне законы причинно-следственной связи неприменимы. Это сильно подрывает идею детерминизма, что меня очень радует. Мне нравится считать, что совершенно не все предопределено. Мне не нравится думать, что человеку лишь кажется, что он делает выбор, а в действительности выбор был ясен с самого начала и неизбежен. Например, по всем законам, я должен был бы влюбиться в Беату: она появилась в тот момент, когда все мои чувства были оголены, отец не ответил на мои чувства, и мне необходимо было перенести их на другой объект. Но я в нее не влюбился: очевидно, что при мысли о ней у меня не повышается активность в передней префронтальной коре, которая отвечает за выработку дофамина.

...А утром я услышал, как Беата меряет платья Эммы. Из соседней комнаты доносилось шуршание и всякие: «ох!.. ах!.. ну надо же!.. с ума сойти, какое платье... о-о-о... ух ты, какая красота!..» Я представил, как она прикладывает к себе платья и подскакивает, вертится перед зеркалом и приговаривает: «ох... ах... о-ух!». Странно, что человек легко произносит слова «имманентный» и «трансцендентный» (вчера произносила, притом что она не студентка философского факультета), а на самом деле всего-то хочет красивую одежду.

Когда я услышал, как Беата сказала: «ой, как красиво, не могу-у...», я почему-то представил себе, что когда-нибудь похудею, стану нобелевским лауреатом и подарю любимой женщине все платья мира (если у меня к тому времени будет любимая женщина), а она скажет: «о-о-о, у-у-у, с ума сойти, какая красота!» ...Странное ощущение. Не могу понять, мне это очень надо или совсем не надо. Мне нравится думать, что есть свобода воли, верить в непредсказуемость, в свободный выбор. Потому что тогда существует много вариантов будущего.

Беата, «Кукла»

Я — Беата Ленцкая.

Беата Ленцкая из старинного польского рода — это я.

Как красиво! Даже не верится, что это я.

Почему я из рода Ленцких? Я и сама не сразу поняла, просто ляпнула. А потом вспомнила, откуда выскочила «Ленцкая»: в романе Пруса «Кукла» героиню зовут Изабелла Ленцкая. Может, надо было назваться Изабеллой? Но Беата тоже красиво. Красиво и совершенно иначе повернется жизнь.

Польский акцент я слизала с Эдиты Пьехи. Быть полькой лучше, чем провинциалкой.

У нас дома ее пластинок завались. Я все детство лежала на диване и пела вместе с Пьехой «Огромное небо, огромное небо, одно на двоих...» — и пожалуйста, если надо, у меня польский акцент! Мама выбросила все папины вещи, кроме пластинок Пьехи. Сказала: «Для жабы Пьеха всегда была идеалом женственности, но это необидно, ведь он ушел не к Пьехе. Даже наоборот, приятно, что его идеал недостижим».

Но я, конечно, не могу всегда говорить, как Пьеха, поэтому я решила, что польский акцент у меня бывает не всегда, а только в минуты волнения.

Может быть, мне составить список вранья? Ну, просто повторить для себя, чтобы не проколоться.

Ох, ну что уж я такого соврала?

Что у меня золотая медаль, а не серебряная? Подумаешь, просто сказала для красоты. Серебряная медаль тоже не кот чихнул, попробуй получи!

Ну да, я не сдала сессию и больше не учусь на биофаке. Но, во-первых, всего три дня назад еще училась. Во-вторых, я не хотела учиться на биофаке! Я хочу учиться в театральном: на режиссуре (на актерском не хочу, не хочу быть актрисой) или хотя бы не театроведении.

Еще что? Не призналась, что я почтальон?.. А вот это вообще не считается! Кто же по своей воле признается, что работает почтальоном?!

Получается, я ничего не соврала.

Все это никакое не вранье, не адский план, а нечаянная шалость. Хватит спать, Беата Ленцкая, вставай уже! Никто, никто, сказал он и вылез из кровати, никто, никто, сказал он, спускаясь вниз в халате, никто, никто, сказал он, намылив руки мылом, никто, никто, сказал он, съезжая по перилам... ...Я ведь могу посмотреть Эммину одежду? Я не буду трогать, не буду примерять, я только глазками? Строго скажу себе: «Даша, то есть Беата, сила воли!» (это качество у меня давно), и еще скажу «чувство собственного достоинства» (это качество у меня не так давно).

Никогда не видела такой красоты!.. Розовый свитер, ах какой!.. Платье фиолетовое, кружевное... у меня даже живот заболел, такое оно кружевное!

Атласная белая блузка с жабо и прозрачными рукавами! Платье с открытыми плечами, к нему нужен лифчик без бретелек!

А мои лучшие вещи — это юбка с кофтой, покрашенные в черный цвет дома в тазу. Мама говорила: «Медалистка, первый разряд по шахматам, и красит в тазу эти поганые тряпки!» Дожила до своих лет, а считает, что медалистка-шахматистка не хочет быть красиво одетой. ...В Витебске крашенные в тазу юбка с кофтой выглядели стильно, а в Ленинграде убого.

Приложила платье к себе, о боже, как прекрасно! Одежда — это волшебная палочка, с помощью которой превращаешься в другого, прекрасного человека!..

Так я все превращалась и превращалась, что-то доставала, примеряла, бросала, перебирала платья... Собственное достоинство не возражало!

Я люблю этот розовый свитер больше всего на свете. И этот джинсовый пиджак с маленькой вышитой лошадкой. И фиолетовое кружевное платье! О-о, как я все это хочу! Особенно розовый свитер и джинсовый пиджак. И фиолетовое платье.

Как печально, что все эти прекрасные вещи не мои...

Но какое счастье, что они есть на свете! Чехов сказал: «Для того, чтобы ощущать в себе счастье без перерыва, даже в минуты скорби и печали, нужно: а) уметь довольствоваться настоящим и б) радоваться сознанию, что могло бы быть и хуже». Если бы мы с розовым свитером никогда не встретились, это было бы *хуже*.

Чехов говорил, что для некоторых людей характерно «упрямое желание взять, выхватить у жизни больше, чем она может дать». Розовый свитер — это больше, чем может дать мне жизнь? Я очень-очень хочу розовый свитер! О, жизнь, дай мне розовый свитер, дай, дай, дай!

В дверь постучали. Робко так — тук-тук. Толстяк. Сказал: «Алена Сергеевна спрашивает, что вы с Эммой хотите на завтрак, омлет или гренки?»

Эмма спит, а я что хочу? Скажите их величествам, что нынче очень многие двуногие-безрогие предпочитают мармелад, а также пастилу!..

...Ой, мамочки! *Ой, мамочки!* Что мне делать с почтальонной сумкой?! Выбросить из окна, съесть? Когда Эмма обняла меня в прихожей, я бросила сумку на пол и ногой задвинула ее под вешалку. Я еще не знала, что я Беата из старинного польского рода, но почтальон с толстой сумкой на ремне, с цифрой пять на медной бляшке, в синей форменной фуражке... нет! Я тогда еще не знала, что я Беата из рода Ленцких, но ни за что не хотела быть почтальоном.

В сумке, спрятанной под вешалкой, телеграмма из Тбилиси. Как мне теперь отдать телеграмму? Телеграмму не посылают просто так, там что-то важное. Придется что-то придумать, но что? Подумаю об этом после завтрака.

Я все время ждала, что жизнь как-нибудь повернется. Звоню в дверь и жду — сейчас дверь откроется, и там — а-а-а! Что-то интересное, это же Ленинград! Петербург! Старуха-процентщица (лучше Раскольников), или Нос, или хотя бы прекрасный принц. И вот наконец-то! Все ничего не случалось, а тут вдруг случилось! Это самое лучшее в жизни — уже ничего не ждешь, а случилось, ур-ра!

Я первая узнала Эмму. У меня память как у слона, я помню не только факты, но и когда что чувствовала. Это как будто нашла на подоконнике засохший цветок, чуть полила, — и он раз, и ожил, тут же начинаю чувствовать то же самое. Страх, например, или ужас... или вот как с Эммой — любовь и зависть. Белую зависть, белую! Ух, какая она была красивая, с белыми локонами, в белом вышитом платье! Я ею любовалась и завидовала платью и хотела слизать с нее ее манеры. Она была настоящая «маленькая принцесса» — не орала, не прыгала, — и в то же время искренняя и сердечная.

...Эмма зашевелилась в кровати, и в ту же секунду вошел Игорь Сергеевич, ИС для краткости. Как будто стоял под дверью и ждал, когда Эмма проснется. Торжественно внес торт со свечами. Двадцать свечей! ИС обожает Эмму, как король из «Бременских музыкантов» обожает принцессу, ах, ты бедная моя трубадурочка, посмотри, как исхудала фигурочка... Вчера сказал, что у Эммы удивительные способности и прекрасная память.

Я бы все отдала, чтобы мой папа узнал, какая у меня память, как быстро я решаю задачи и как играю в шахматы! Я бы все отдала, чтобы иметь отца, который расписал по минутам мое прекрасное будущее.

...А что бы я отдала? У меня ничего нет. Кроме медали, медаль не отдам! ...Шучу, я отдала бы медаль.

ИС положил Эмме на кровать цветы и большой пакет, обвязанный ленточкой. Эмма сказала: «Папочка!», развернула, а в пакете... куртка! Замшевая куртка! Мечта всей моей жизни, нежно-бежевая, с поясом с пряжкой! ИС волновался — ты это хотела? ты не это хотела? Эмма сказала: «Не знаю...» На месте ИС я бы ее отшлепала из воспитательных соображений, шлепала бы и приговаривала: «Ты у меня будешь знать, чего хочешь!» На самом деле девочек нельзя шлепать, даже такую плаксу, как Эмма.

Ночью Эмма умудрилась два раза поплакать, сначала из-за Глеба. Она любит Глеба, и он любит ее, так что же плакать? Она плакала из-за того, что это такая большая любовь.

Второй раз плакала из-за того, что у нее сегодня день рождения. Сказала: «Я всегда плачу перед днем рождения, потому что я так счастлива и боюсь, что дальше будет меньше счастья».

Эмма объяснила, что плачет «не о конкретных обстоятельствах, а о чувствах, понимаешь?». Нет, не понимаю. Нормальному человеку этого не понять. Может быть, когда у меня будет все, чего я хочу — образование, работа, деньги, — я тоже буду бояться, что всего этого может стать меньше. Пока у меня ничего нет, мне нечего бояться.

Когда ИС ушел, Эмма сказала, что я сама хозяйка своей жизни, а она нет. Папа за нее все решил: английская школа, филфак, диссертация. Он говорит, что все зависит не от самой Эммы, а от его умения планировать ее жизнь.

— А ты сама себе хозяйка... — сказала Эмма.

— Ха. Как Бекки Шарп, должна сама о себе позаботиться. Быть своей собственной маменькой и собственным благородным отцом. И сама пристроить себя замуж...

И мы стали смеяться и придумывать, что я, как Бекки Шарп, обманом проникаю в дом, интригую, стараюсь понравиться родителям, и все это, чтобы найти себе мужа.

— Бекки Шарп хотела выйти замуж за глупого толстого брата Эмилии. А я соблазню твоего брата. Он тоже глупый смешной толстяк.

— Ты что?! Давид добрый, и умный, и талантливый, и полнота ему идет, такая уютная, — всерьез возмутилась Эмма.

Она хороший человек. Недаром все ее любят. Родители не в счет, но и этот толстяк из Тбилиси — только вчера ее увидел и уже обожает. Я тоже ее люблю.

Мы начали есть торт. Вымазались в креме, смеялись, и Эмма сказала: «Давай покурим, пока мама не пришла?» У Эммы под матрасом была припрятана пачка «Мальборо». Мы покурили, разогнали руками дым, и тут пришла Алена Сергеевна, АС для краткости. Поцеловала Эмму и стала с нами есть торт, вымазалась в креме, потом сказала: «Эмма, думаешь, я не знаю, где ты прячешь сигареты? Доставай, покурим». Она классная.

... — Мы с папой хотим, чтобы ты была... — АС затянулась и задумалась.

— Счастлива? — подсказала Эмма.

— Да брось, я же не идиотка, кто может гарантировать своему ребенку счастье? А вот благополучие можно гарантировать. Беата, ты тоже слушай и учись: у женского благополучия две основы — отец и муж. Тебе, Эмма, папа обеспечил прекрасный старт. Но папа не вечный. Тебе нужно сделать правильный выбор. И это не Глеб.

Эмма молчала. Ночью она показала мне фотографию своего Глеба. На фотографии, конечно, не видно, что он «умный, добрый, остроумный, веселый, преданный», видно только, что он красивый. Но какая разница, какой он на самом деле, если она так влюблена, то для нее он лучший.

— Ты просто следуешь половому инстинкту... хочешь выйти замуж за первого попавшегося самца, чтобы с ним спать!

Ой. Самца!.. Спать. Ой.

Мама ни за что не произнесла бы «половой», и даже слово «инстинкт» на всякий случай не произнесла бы, хотя она учительница биологии. А уж самец она могла сказать только про лягушку — самец лягушки. Секс для нее не существует, только тычинки и пестики. Может, отец ушел, потому что она не хотела секса? Секс ведь главное, что нужно мужчине, а мама очень стеснительная. Она мне даже про месячные не рассказала, и я в первый раз подумала, что умираю.

— А если я его... — прошептала Эмма.

— Ты его — что?! Любишь? Понятно, слыхали... Это томление тела, а не любовь. Поверь мне. Ты хочешь выйти замуж, чтобы с ним спать, так? А ты знаешь, что будет дальше? Через полгода ты ему надоешь. Через шесть месяцев! Поверь мне как гинекологу.

АС врач? Гинеколог? Тогда понятно, почему она такая... категоричная. Привыкла на работе: давай на кресло, ноги шире раздвинь, половой жизнью живешь, когда последние месячные? Фу, гадость!

Откуда я знаю, что бывает в кабинете гинеколога? От верблюда!

В прошлом году у меня вдруг пропали месячные. Мама подумала, что я беременна, и повела меня к врачу. Я клялась, что не могу быть беременна, если только я не Дева Мария, но она плакала и тянула меня по улице так, что чуть руку не оторвала. Врач сказал, что у меня нерегулярные месячные от нехватки витаминов. Я... все видели, как она меня тянула и пинала, все слышали, как она говорила: «Если принесешь в подоле, я повешусь!» Я думала, что никогда ее не прощу!

Но простила, что с нее взять. Мама знает про меня все, — ну вообще все, где у меня родинки, что меня тошнит от молочной пенки, что я сначала ем белок, а потом желток, но не понимает про меня ничего — ни-че-го. Я не собираюсь приносить в подоле, неужели не понятно, что у меня совершенно другие жизненные планы? Что я не из тех, кто вернется в свой город жалкой, одинокой, беременной.

... — Почему ты надоешь ему через полгода? Да потому, что так будет! Хорошо, я скажу. Ты быстро забеременеешь, месяца через три после свадьбы. Нет, через два. Почему? Да потому что я знаю! Ты забеременеешь через два месяца после свадьбы! Еще через два месяца его перестанет интересовать секс с тобой: беременность не красит. Он заведет какую-нибудь девку... А что ты думала, молодой мужик будет терпеть?.. Ну а после родов тебе самой будет не до секса. Так что загибай пальцы: секс у тебя будет два месяца после свадьбы плюс еще первые три месяца беременности. Пять месяцев. Полгода максимум. Ты хочешь ради полугода сомнительного удовольствия испортить свою жизнь?

Мы с Эммой спросили одновременно, но разное: я — почему сомнительного, она — почему испортить

— Господи, Эмма, ты что, дурочка? Почему испортить свою жизнь? Потому что ты привыкла жить в большой квартире в особняке на Фонтанке. Ты привыкла иметь машину, красивую одежду, бывать за границей. Тебе все это нужно?

Я бы ответила: «О, йес!». Эмма молчала.

— Внимательно слушай, что будет: сначала папа будет давать вам деньги, потом выйдет на пенсию и не сможет помогать, ты начнешь на всем экономить... на себе будешь экономить, не на детях! На себе! К сорока годам станешь жалкой измученной теткой. Нет, к тридцати.

Эмма станет жалкой теткой? Не может этого быть! Эмма очень красивая. Блондинка, изящная, почти прозрачная.

На самом деле встреча с Эммой огромное потрясение для меня: меня всегда считали самой красивой девочкой в классе. Но, если честно, я была самая красивая среди девяти девочек нашего математического класса, остальные восемь были жуткие страшилки... А в сравнении с Эммой Беата из рода Ленцких состоит из одних недостатков.

Недостатки Беаты из рода Ленцких:

— грудь (большая грудь пошло и немодно),

— ноги (слишком крепкие и коротковаты),

— иногда косолапит (Мама кричала: «не косолапь!», «не сутулься!» «закрой рот!» и била меня по лопаткам. Я ей благодарна, что бы со мной было, если бы она меня не била? Ходила бы сгорбленная, мысками внутрь, с открытым ртом, как девочка-дурочка.),

— щеки как у младенца.

От всего этого можно впасть в отчаяние. Но зачем впадать в отчаяние? Ноги не вырастут, грудь не уменьшится, щеки не похудёют. Но у меня есть свои плюсы: я бультерьер. Мама говорила: «Ты как бультерьер, если что-нибудь захочешь, ни за что не расхочешь». Я хочу учиться, кем-то стать, чего-то добиться!

— А почему это сомнительное удовольствие... ну, спать с Глебом? — спросила я. Все-все было понятно, кроме этого. Может, если она гинеколог, то как-то умеет понять, с кем будет хорошо, с кем нет. Научит.

АС отмахнулась от меня, как от мушки, весело. Она *очень* классная.

— Так ведь еще неизвестно, каков он в постели. Думаю, не очень, он такой напыщенный... Может, он Эмме первым надоест. Вообще, девочки, зарубите себе на носу: секс не главное, главное — любовь... Любовь к себе. Вы, главное, любите себя, а хороший секс приложится.

— Ты так говоришь, будто главное — это выйти замуж, зачем вы тогда отдали меня учиться? — привычно возразила Эмма.

Кажется, этот разговор был не в первый раз.

АС сказала: «Так, понятно...», и закурила, курила уже третью сигарету. Она была похожа на репетитора тупого ученика. Как будто она ему про квадратные уравнения, а он ей: «Можно машинку покатать?».

— Стань ты хоть кем, а твое место в мире определяется твоим мужем. Успех женщины — это не ее достижения, а муж! Например, если ты замужем за состоятельным человеком, а Беата сама зарабатывает себе на жизнь, то ты на коне, а ее жизнь не удалась.

— Мама!

— А что? Я же для примера.

Я не обиделась. Она говорит то же, что мама, только весело, но смысл тот же: секс не главное, любви нет, люби себя, и будет тебе счастье.

— У Глеба есть будущее, он защитит диссертацию...

— О-о, диссертация! И что?! Сейчас начнутся другие времена, диссертацией сыт не будешь. У твоего Глеба, между прочим, и характер не очень, он тебе еще покажет козью морду с мышиным глазом.

Я за спиной АС состроила рожу, как будто я козья морда, Эмма хихикнула.

АС говорила с Эммой так, будто она не прожила со своей дочерью всю жизнь! Как будто Эмма только что появилась в доме, и пока Эмма сидит в ночной рубашке в кровати, ей нужно быстро научить ее, как жить. Неужели они никогда не разговаривали ни о чем по-настоящему важном?

— Эмма, кто тебе сказал, что ты должна заботиться о муже, поддерживать? Это о тебе должны заботиться, тебя должны поддерживать, тогда тебя будут любить.

— Но разве ты не заботишься о папе?

— При чем здесь папа, с папой все в порядке, — отмахнулась АС. — Запомни: мужчина любит женщину, которая не дает, а берет! Ты должна брать, он — давать. А твой Глеб не тот человек, не тот, не тот!

— Но мама! Почему ты говоришь о замужестве именно сейчас? Мне же двадцать исполнилось, а не сорок!

— Потому что я прекрасно знаю, что будет дальше. Как гинеколог тебе говорю, ты начнешь спать со своим Глебом без брака, забеременеешь и выйдешь за него замуж уже беременной. И что? Те же яйца, только сбоку...

— А ты как гинеколог выпиши мне противозачаточные таблетки, — подсказала Эмма. Она все еще сидела в кровати в ночной рубашке, так что вышло не иронически, а по-детски.

— Таблетки вредно. Свечи можно... Да ты их вставишь не туда, — засмеялась АС. — Сначала научись посуду мыть... Все, разговор закончен. У меня есть подходящий человек. Я нашла для тебя хороший вариант, прекрасный вариант.

Вот это да! Как будто я в театре смотрю пьесу Островского! Маменька убеждает наивную девицу, что брак не любовь, а сделка, перебирает женихов... Значит, Эмма — товар? Я тоже товар? Чур, я самая крутая в мире кожаная куртка! Нет, я — норковая шуба, продаюсь за миллион!

— Молодость и красоту нужно правильно инвестировать. Куда? В свою будущую жизнь! Выгодно продать свою красоту и молодость не стыдно, стыдно просчитаться... Что? Тебе не нравится, что ты товар? Господи, Эмма, тебе двадцать лет, а ума кот наплакал: в этом мире все товар. Я старалась воспитать в тебе уверенность в себе, в том, что ты достойна самого лучшего, можешь выйти замуж за английского принца, и он будет тебя благодарить, а не ты его. Ты — лучшая, — как гипнотизер, произнесла АС.

Ух ты, как круто! Здесь прямо другой мир! У нас в Витебске в голову никому не придет сказать девочке, что она лучшая. У нас это считается неприличным, нескромным. Когда маме говорили про меня: «Какая симпатичная у вас девочка», она тут же пугалась и оттаскивала меня в сторону: «Вы мне ее испортите!» Как будто я тут же захочу жить не своим трудом, а красотой, и стану проституткой. Разве ей могло прийти в голову воспитывать во мне уверенность в себе?.. Я посмотрела на Эмму и АС, подумала, может, мне только кажется, что я норковая шуба, а на самом деле я товар второго сорта...

— Так, Эмма, вечером кое-кто придет. ...От тебя ничего не требуется, только помнить, что ты лучше всех, — и вдруг по-деловому жестко добавила: — Глеба пока попридержи на всякий случай.

И вышла. Если бы АС была моей матерью, я бы лучше знала, как жить.

— Мама! Мы живем не в девятнадцатом веке!.. — вслед ей крикнула Эмма.

АС заглянула в комнату.

— А с девятнадцатого века ничего не изменилось, п...а все на том же месте! Я тебе как гинеколог говорю!

И вышла с победой.

Кажется, она сказала «п...а». У нас в Витебске невозможно, чтобы нормальная мама дочке так сказала, у нас это слово можно услышать только на улице от пьяного.

... — Прости-прости за все это... за то, что мама сказала, что я лучше всех, — виновато сказала Эмма. — Для твоей мамы ты была лучше всех! ...Ты вчера сказала, что твоя мама умерла во сне... значит, она не страдала... Ты хочешь об этом поговорить?

Эмма такая хорошая, что рядом с ней я чувствую себя моральным барахлом. Невозможно представить, что она врет или хитрит.

Почему я сказала, что мама умерла во сне?

А почему я сказала, что она умерла?

Да потому что это само сказалось!.. ...Это так красиво: полька из рода Ленцких умерла во сне... Мама закричала бы: «Нет у тебя ни стыда ни совести, ты врунья, свинья, скотина бессовестная, похоронила мать раньше срока, вот теперь живи с этим, раз уже соврано!».

Да, конечно, я виновата... или виновата немножко. Кто-то так говорил, кажется, Анна Каренина? Я не хотела бы быть Анной Карениной. Не хочу влюбиться и пропасть! Я была бы княгиней Бетси, она красивая и богатая, у нее всегда все в порядке. ...Если бы я чуть позже родилась, могла бы случайно и революционеркой стать, смотря куда меня бы занесло. А если бы я еще позже родилась, я бы стала послом, как Александра Коллонтай... Что лучше, послом или женой посла? Женой лучше — ответственности никакой, ходишь на приемы в красивых нарядах, и все.

Мне стыдно, что Эмма меня жалеет, чуть не плачет, стыдно, что я так ужасно наврала, врунья, свинья, скотина бессовестная, но... Но ведь это не моя мама умерла, а мама Беаты Ленцкой!

— ...Послушай, ты только не обижайся... обещаешь? Можно я подарю тебе розовый свитер? И сережки с зелеными камнями, они тебе пойдут к глазам... Можно? А то у меня день рождения, подарки, а у тебя нет.

Откуда Эмма знает, что я не люблю чужие дни рождения за то, что подарки не мне?

— Спасибо, нет. Мама бы не одобрила... Она ведь все видит... с небес, — сказала я. Кажется, Бекки Шарп чуть что восклицала: «О-о, что бы на это сказала моя бедная мать!». — Понимаешь, у моей мамы были строгие правила. Женщины из рода Ленцких не принимают в подарок драгоценности. Ни при каких обстоятельствах. Вот просто никогда.

Эмма расстроенно извинилась:

— Прости, я понимаю, поляки очень гордые...

— Точно. Да. Вот именно. Мы очень гордые. Мама не одобрила бы сережки, а розовый свитер она бы одобрила.

— Ой, спасибо тебе! — обрадовалась Эмма.

Я сказала «ой, спасибо тебе», мы посмеялись, я надела розовый свитер. Господи, как я счастлива! Он с вышивкой!

Вечером придут гости, Глеб и Хороший Вариант... Мы будто продолжаем жить в пьесе Островского, женихи приглашены к обеду: маменька, само собой, радеет за богатого жениха, но у любви, то есть у бедного жениха, есть шанс.

...Есть ли у меня план?

Есть ли у вас план, мистер Фикс? Конечно есть, целых три!

1. Помочь Эмме выйти замуж за Глеба.

Мы с Эммой придумали как. Мне нужно соблазнить Хороший Вариант, чтобы все увидели, что он ко мне пристает. АС поймет, что Хороший Вариант на самом деле Ненадежный Вариант, и Эмма выйдет замуж за Глеба.

2. Надеть Эммину белую рубашку.

Рубашка мала мне в груди, я похожа на пионерку-переростка, но Эмма говорит, что в маленькой черной юбке и белой рубашке я выгляжу не как пионерка-переросток, а, наоборот, как звезда, скромно и сексуально.

3. Отдать ИС телеграмму из Тбилиси.

...Но зачем отдавать телеграмму? Ведь никто не умер. Потихоньку вытащу сумку из-под вешалки, когда пойдем гулять, вынесу под курткой, выброшу в первую же урну. В телеграмме точно ничего нет про похороны! Раз никто не умер, так и черт с ней, с телеграммой.

Розовый свитер мой! УУУУ! Жизнь дает все, что хочешь, нужно только правильно захотеть!

Давид, Герой и дура

Я больше не жалел, что приехал: у меня появилась сестра, семья. Все собрались на кухне, Беата с отцом играли в шахматы, Эмма сидела рядом, прижималась головой к его плечу, но болела за Беату. Они с Беатой все утро резали овощи для салата, Эмма поранила палец, и Алена Сергеевна пояснила мне: «Твоя сестра вечно то порежется, то ударится». *Моя сестра.* Хорошо, что я в это время чистил луковицу.

Алена Сергеевна отправила Эмму отдохнуть, чтобы она хорошо выглядела к вечеру. Беата проиграла отцу партию в шахматы, сказала: «Ой, ну я дура... а давайте еще сыграем?», выиграла, загордилась, заблестела глазами, попросила отца: «Можете сказать, что я молодец!».

...Мы сидим в гостиной за столом, отец и Алена Сергеевна после ужина оставили нас одних. Нас пятеро. Беата, Эмма, Глеб, Ювелир. А кто же пятый?.. Ну да, пятый я. Я поглощен Беатой и ее пуговками, не в том смысле, что Беата вызывает у меня физическое влечение, я бы не решился испытывать к ней влечение. Да, я совершенно уверен, что разумный человек в состоянии контролировать физическое влечение. Беата теребит пуговки тесной белой рубашки, пуговки расстегиваются, она застегивает их и снова расстегивает, у нее очень красивая грудь.

Эмма ведет себя как хозяйка дома, как будто каждый из нас очень важный для нее человек.

Глеб, образец всего самого лучшего (привлекательная внешность, особая аккуратность в одежде, бойкость, хорошие манеры)... похож на сына наших соседей, которого во дворе называют «ломазо». Смысл этого слова немного иронический — «красавчик и паинька, но что-то в нем не так...».

Ювелир — взрослый. Мы с Глебом еще в проекции, а Ювелир — состоявшийся человек. У нас в Тбилиси профессия ювелира категоризировала человека куда больше, чем, к примеру, профессия инженера, учителя, продавца. Когда о дяде Вано (бархатный пиджак дяди Вано был на мне, а куртка дяди Вано висела в прихожей) говорили «ювелир», это означало, что дядя Вано богатый, независимый, смелый и решительный: всем понятно, что право работать с драгоценными металлами принадлежало государству, и нужно было уметь обойти закон. Законы, что в Тбилиси, что в Ленинграде, были одинаковыми, и Ювелиру, как и дяде Вано, нужно было иметь определенные качества: не бояться риска и уметь лавировать.

Качества «не бояться риска и уметь лавировать» принадлежали этому взрослому, приглашенному для Эммы человеку как бы априори, по профессии, а что касается его частных свойств, то он был вылитый Аль Пачино в роли Майкла Карлеоне из «Крестного отца»: обаяние, действующее даже на меня, мягкое остроумие, когда не хохочешь, а улыбаешься, ощущение, что он сможет защитить, если понадобится. Очень обаятельный человек.

Ювелир принес Эмме в подарок подвеску своей работы, Беата восхищенно сказала: «У-у-у, какая прелесть», Глеб вежливо улыбнулся со словами: «Эмма очень боится жуков». Подвеска — серебряный жук с тонкими лапками.

Между Глебом и Беатой наметилось противостояние. Беата с этим своим чудесным шипящим польским акцентом (только я знаю, что это имитация) рассказала о детской дружбе с Эммой, об отце-художнике и умершей маме. Глеб отозвался вроде бы заинтересованно, но на самом деле подло:

— Почему ты на биофаке? Хочешь стать училкой биологии? Тебе нужно в Кульке учиться... Поедешь потом в свой городок директором дома культуры. Кулек — это институт культуры, такой филфак для бедных...

Глеб наклонился к Эмме и громко, мы все услышали, прошептал: «Зачем ты пустила ее в дом? Не видишь, кто она? Типичная нахальная провинциалка, рыба-прилипала».

Любой бы на месте Беаты возмутился, но Беата спокойно ответила:

— Тебе не нравится, что мы с Эммой подруги? Хочешь, чтобы все ее внимание принадлежало тебе?

На самом деле Глеб злится на Ювелира и на ситуацию в целом. Никто еще не отнял у него Эмму, появилась всего лишь теоретическая возможность, что Эмма предпочтет Ювелира, а тестостерон уже толкает Глеба на импульсивное поведение: не может обидеть Ювелира и нападает на Беату. Когда карликовым мартышкам вводят тестостерон, они тоже становятся агрессивными, но не по отношению к вожакам, а по отношению к слабым. Чем изначально агрессивней карликовая мартышка, тем быстрей растет агрессия при обиде.

... — Я бы на твоем месте подумал: училка биологии зарабатывает копейки, а зарплата директора клуба — это уже кое-что... — настаивал Глеб. — Хотя вам деньги не нужны.

— Кому это нам? — Беата вышла на тропу войны.

— Вам, провинциалам. Вы хотите сеять разумное, доброе, вечное.

— Вечное?.. Нет. Для меня деньги — это самое главное, — улыбнулась Беата. — Ты стоял в стороне, когда все идут в кино, а тебе не дали денег на кино? Ходил в старом пальто? В толстом, клетчатом, на ватине? Деньги — это вовсе не бумажки, это спокойствие и достоинство. А тебе, Глеб, легко меня обижать. Я ведь тут одна, без мамы-папы...

Вот это да, вот это Беата молодец! Глеб смешался и покраснел.

— Давайте лучше выпьем, — миролюбиво предложил Ювелир.

— Глеб не пьет и не курит... — невинно заметила Беата. — Знаете, если человек не курит и не пьет, поневоле задумаешься, уж не сволочь ли он. Это Чехов сказал. На Чехова не обижаются.

Глеб промолчал, решил не обострять конфликт, но Беата шла за ним, как мамба.

— Ты дал мне совет, спасибо. Бывают люди, которые всегда говорят умные и хорошие слова, но чувствуешь, что они тупые люди. Это тоже Чехов сказал... про тебя.

...За весь вечер Эмма лишь один раз обратилась ко мне, спросила, каков грузинский характер. Заметила, что я молчу. Ей хотелось, чтобы всем было хорошо.

Я не знал, что сказать: что расти в тбилисском дворе — это как расти в большой семье, где всем до тебя есть дело? Или что Нино бэбо учила меня, что не нужно стремиться быть первым, главное — быть своим, чтобы все со мной дружили? Промямлил: «Грузия — страна коллективистической культуры, при этом в Грузии важно не государство, как в России, а родственники, соседи и друзья, поэтому грузины, обаятельные в личном общении, в публичных ситуациях могут растеряться...» Я не грузин и совсем не обаятелен, но насчет «растеряться» — это да, тут я первый.

Глеб сказал: «Что мы так скучно сидим? Давайте проверим, кто умный, а кто не очень». Оказалось, он принес для нашего развлечения тест на определение интеллекта.

В то время IQ-тест был диковинкой, и когда выяснилось, что можно прямо сейчас узнать, у кого какой интеллект, все оживились. Беата — потому что любит соревнования, я — потому что тест давал возможность помолчать, Ювелир, человек веселый и энергичный, был готов на любое развлечение, а Эмма в качестве хозяйки дома была рада смягчить конфликт Глеба и Беаты и развлечь гостей. Никто из нас еще ни разу не проходил этот тест.

— Глеб заранее посмотрел и будет жульничать, — уверенно сказала Беата.

— Не суди по себе, — огрызнулся Глеб. — Я не проходил тест, я только знаю, что больше ста сорока баллов у гениев, меньше семидесяти — это легкая умственная отсталость. Посмотрим, кто из нас гений, а кто отсталый?..

Эмма принесла бумагу, ручки и будильник, чтобы мы могли начать и закончить по звонку, и мы приступили. Эмма чуть лениво, послушно выполняя правила игры, Ювелир снисходительно, а Беата нервно писала, поглядывая на часы, как будто решается ее жизнь. Иногда поднимала голову и кидала в пространство: «Нечестно, Глеб подглядел у Давида ответ» или «Нечестно, у нас неравные условия, Давид проходил высшую математику!». Высшая математика в тесте не требовалась, тест проверял не знания, а способность к логическому и пространственному мышлению, а вот темперамент как раз важен: люди с мгновенной реакцией, как у Беаты, имеют преимущество перед флегматичными, как я. Я только прочитал задачу, а Беата уже написала ответ и перешла к следующей. Она даже успела заглянуть в тест Глеба, злорадно сказала «а-а-а, тут у тебя неправильно, а исправлять нельзя!» и довольная вернулась к своему листочку. Как ребенок! Кстати, детское злорадство вполне объяснимо: в префронтальной коре имеются нейроны, которые возбуждаются при ошибке других... пока это проверено только на шимпанзе.

Результат получился, какого никто не ожидал. Самый высокий балл был у меня — сто тридцать восемь, затем шла Эмма — сто двадцать. Глеб сказал, что такой высокий уровень IQ всего у шести процентов населения планеты. Эмма смутилась: она не стремилась быть первой или находиться среди шести процентов населения. «Это, наверное, наши с тобой общие гены», — предположила она. Мне было... ну... я был счастлив услышать, что у нас с ней общие гены.

Следующими шли Глеб и Беата с равными результатами — сто десять (Глеб сказал, что это «нормальный уровень»), затем Ювелир с результатом — девяносто.

— Не расстраивайтесь, для таких людей, как вы, находится место в различных областях деятельности, не требующих значительных умственных усилий... — утешил его Глеб. — Кто-то же должен собирать мебель, чинить унитазы... это нормально.

Ювелир засмеялся. Его ничуть не расстроило, что его место — собирать мебель и чинить унитазы.

А Беата вдруг зажмурилась и закричала:

— Я не дура! Не дура, не дура!

— Ты не дура, просто таких, как ты, большинство населения на земле, — ехидно повторил Глеб.

— Не смей называть меня большинством! Не смей оскорблять мой интеллект! — кричала Беата, не открывая глаз, по щекам катились слезы.

Когда я расстраиваюсь по нестоящему поводу, Нино бэбо говорит: «Пусть это будет самая большая беда в твоей жизни». Вот именно, пусть этот, недостаточно высокий, по мнению Беаты, балл IQ будет самой большой бедой в ее жизни! Почему ее это так сильно задело, больше, чем перепалка с Глебом, чем то, что ее назвали рыбой-прилипалой и нахальной провинциалкой?

Беата кричала с закрытыми глазами, чтобы не видеть нас. Я вот всегда думаю, как буду выглядеть в глазах других людей, а она делает, что хочет, хочет кричать — кричит.

— Знаешь, Глеб, скоро ты будешь хвастаться тем, что знаешь меня! Я стану знаменитой... — неожиданно спокойно сказала Беата. Задумалась, как у елки с подарками, не знала, что выбрать, как будто она могла стать актрисой, чемпионом по боксу, ученым, но выбрать что-то одно означало отказаться от остального.

— Кем ты станешь? Знаменитым биологом? Дворником? — неприятно усмехнулся Глеб*.

Мне было жаль его: ему казалось, что он теряет Эмму, что его отвергли... Я-то знаю, человек, который чувствует себя отверженным, испытывает настоящую боль, как от удара в живот. Мне вдруг

* Сейчас (и уже достаточно давно) известно, что IQ не говорит об уровне интеллекта и не коррелирует с успешностью. Сейчас считается, что тот, кто получает средневысокиий балл, то есть многократно дает по тесту «правильный» ответ, мыслит усредненно, способен хорошо учиться, быть старательным исполнителем, может ползать, но не летать. Считается, что личностные качества (целеустремленность и креативность) гораздо важнее для достижения научных успехов и успеха в бизнесе. Все это к тому, что Беата напрасно расстроилась. К тому же в достижении «жизненного успеха» (какой бы смысл мы сюда ни вкладывали) большую роль играет бытовой интеллект. Важно умение проанализировать ситуацию, отделить главное от второстепенного, найти преимущества в своих недостатках, сравнить свои и чужие возможности и построить план достижения цели. Отметим также, что жизненный успех — это совершенно субъективная вещь: кто-то хочет найти Атлантиду, а кто-то свиной хрящик. Вам нет оправдания!

захотелось очутиться дома, в Тбилиси. Пройти по улице Лермонтова к нашему дому, толкнуть тяжелую дверь. Парадная в нашем доме была расписана в начале века, на стенах лилии, на потолке жар-птицы. По нашей лестнице с витыми коваными перилами поднимался Лермонтов, во всяком случае, все жители Сололаки уверены, что поднимался. В соседнем с нами угловом доме в 1837 году размещались офицеры, среди которых был Лермонтов. У Лермонтова мог быть роман с девушкой из нашего дома, почему бы нет? На самом деле неизвестно, что Лермонтов жил именно в соседнем доме. Подтверждений нет, но ведь ничто и не опровергает?.. Мы в Тбилиси верим в то, во что хотим верить, а тут, в Ленинграде, человеку как-то... холодно.

Хорошо бы вечер на этом закончился, но нет, вечер на этом не закончился. Я оказался свидетелем сцены, ужасной для Беаты, и для меня, и для Эммы, для всех... В общем, лучше бы я этого не видел.

Отцовская квартира была большая и извилистая, ведь это была часть особняка, который изначально не планировался быть разделенным на квартиры. В квартире отца были коридоры и коридорчики, в которых было легко затеряться, забрести не туда... в общем, я случайно попал не туда. Когда я волнуюсь, я повторяю «в общем». Я забрел не туда и вдруг услышал из темного бокового коридора:

— Тебе никто не говорил, что у тебя чувственные губы, пани Беата?

— А вам никто не говорил, что вы козел?

Мы все были с ним на «вы», он же был взрослый.

— Сама ты козел... — сказал Ювелир, это прозвучало как ласка.

— Отстаньте от меня! Нет...

Что там происходило, — он напал на нее, она растерялась, постеснялась закричать?.. Мне нужно было сделать шаг в темноту и твердо сказать «Оставьте ее в покое!», но оттуда, из темноты, не было слышно ни звука, и я продолжал стоять как пень. Не знаю, сколько времени я, замерев, стоял в темноте.

Честное слово, я не из трусости продолжал стоять как пень! Я не мог решить, что мне делать. Заорать человеку старше меня «пошел вон!»? Или ударить? Но это будет скандал, позор для Беаты и отчасти для Эммы. От таких последствий у меня все внутри холодело... Нет! Лучше я тихо скажу «я здесь» или кашляну. Нино бэбо говорит: «Ты всегда сначала думаешь, а потом не говоришь». Это так, но к тому времени, как я решаюсь сказать, все давно обсуждают что-то другое, и уже лучше промолчать.

Вдруг Беата решит, что я за ней шпионю?.. У других людей процесс выбора между вариантами поведения в стрессовой ситуации происходит быстрей, но тут уж ничего не поделаешь, скорость взаимодействия между лобной корой и лимбической системой у всех разная. Прыгнуть за Беатой в горящий дом было бы проще для меня, чем сделать выбор.

Я простоял в темноте, может быть, три минуты, может, пять. Когда наконец решился сделать шаг в темный коридорчик, я увидел Беату: она вцепилась в плечо Ювелира, пытаясь оторвать его от себя, и вдруг задрожала, как будто по ней прошла судорога. Я ясно видел ее лицо, искривленное гримасой страдания, по ней как будто прошла судорога. Я прежде видел похожее, у Нино бэбо однажды был приступ сильной, до судорог, головной боли.

Беата взглянула на меня с непонимающим видом, словно только что тонула. Севшим голосом пробормотала: «Это ты... да... все хорошо...» С Нино бэбо было похоже: судорога прошла, и она тут же сказала мне «все хорошо».

Я хотел сказать Ювелиру: «Вам нет оправдания! Как вам не стыдно! Она же еще совсем ребенок, а вы испугали ее до полусмерти!» Но не сказал, растерялся. Лабораторные исследования на крысах показывают, что активность мозга крысы возникает до того, как она принимает решение действовать. Сначала мозг крысы принимает решение, что крыса побежит направо, и только затем крыса решает побежать направо. Тогда — это очень важно! — получается, что во всех «плохих» поступках виновата не сама крыса, а ее мозг. И не человек виноват в «плохих» поступках, а его мозг! Но — это очень важно! — если у человека нет выбора, как поступить, то не существует и вины. Мы должны осуждать не человека, а его мозг. Например, сказать Ювелиру не «Как вам не стыдно!», а «Как вашему мозгу не стыдно!». А вместо «Вам нет оправдания!» «У вас зависимость от выброса фенилэтиламина». И что лучше бы он справлялся со своей зависимостью от выброса фенилэтиламина при помощи алкоголя или марихуаны, чем обижал девочку, совсем еще ребенка. При употреблении алкоголя и марихуаны уровень фенилэтиламина в мозге увеличивается в несколько раз.

Пока я думал обо всем этом, Ювелир протиснулся мимо меня, и я услышал его веселый голос в прихожей, а вслед за ним из темноты выдвинулась Беата. Сказала «ты герой, а я дура» и прошла мимо меня, как мимо сундука или тумбочки. Что она имела в виду? Должно быть, что мое случайное появление спасло ее от насилия, что же еще?..

Может быть, лучше не использовать слово «любовь»? Лучше просто... да, точно, чем проще, тем правдивей: я увидел Беату в темном коридоре, несчастную, обалдевшую, обиженную. Она прежде была такая бойкая, самоуверенная, и вдруг оказалось, что она страдает. Вот я и полюбил ее.

Беата, Муму

Любовь — это когда можешь украсть трусы. Я украла у Эммы волшебные трусы! Но я не виновата. У меня вчера был оргазм.

Прямо самый настоящий впервые в жизни, кто бы мог подумать, что это произойдет со мной! Смешной толстяк вообразил, что он меня спас, а на самом деле меня спас оргазм! Вот этот мгновенный улет в космос, это же оргазм?

Я хочу украсть чужого жениха. Хочу украсть Его у Эммы! На первый взгляд я веду себя как настоящая хищница и подлая ворюга, но, если подумать... я писалась. Когда кто-то подходил ко мне близко, пытался обнять, каждый раз было одно и то же — ужас, ступор, тоненькая струйка...

Я думала, что мне так и жить. Никогда у меня не будет любви, счастья, ничего не будет. Ведь это представить невозможно, какой ужас, если ты девушка и не знаешь, что будет, если к тебе подойдет поближе тот, кто тебе вроде бы нравится — а ты вдруг описаешься. Описаться — это же смерти подобно! Как с этим жить?

Но вчера...

Вчера, вчера, вчера... Во-первых, Он мне сразу же очень... очень-очень!.. Он именно такой, как мне всегда нравились — взрослый, обаятельный, добрый, остроумный. ...Ох, это неправда — откуда мне знать, что мне всегда нравились такие мужчины, если я их никогда не видела? Я просто сразу поняла, что это Он.

Когда Он подошел ко мне сзади и начал шептать в шею, дышать в шею, я подумала, что сейчас все будет, как обычно, — я замру, задохнусь, описаюсь. Но ничего этого не было! Он шепчет, а страха нет. Он начал меня целовать, и опять ничего такого не было, я не испугалась, не описалась, ничего плохого не было! У него такие нежные губы, такие ласковые руки, я будто улетела. Я так думаю: когда я будто улетела, это и был оргазм. У меня был оргазм! В моем случае это победа духа... или победа тела над духом. Как будто я Спящая красавица и Он снял с меня заклятие. Как будто я Писающая красавица (ха-ха) и Он снял с меня заклятие.

Я иду к нему, потому что мне важно проверить: Он вылечил меня на один раз или навсегда? Я *случайно* не описалась? Или я навсегда избавилась от этого ужаса? Господи, хоть бы навсегда!

Я иду к нему, потому что я почти точно знаю — это любовь. А что же еще? Почему тогда оргазм? Он ведь даже не лишил меня девственности, просто поцеловал и еще кое-что, в литературе называется «ласки». Я полюбила его с первого взгляда, с первого поцелуя.

И еще я иду к нему, потому что я хочу украсть его у Эммы.

Когда я увидела, как волнуются родители Эммы, чтобы она правильно вышла замуж, я просто офигела. Понятно, что они заботятся о ее образовании, но еще и женихов подыскивать?! У нас в Витебске женятся как придется. Учатся в одном классе или живут в одном доме, он уходит в армию, она беременна, вот и женятся. А здесь лучший выбирает лучшую, а тем, кто похуже, достается второй сорт.

Это ведь ужасно-ужасно обидно и несправедливо. Ужасно-ужасно несправедливо, когда все расписано заранее, как будто для каждой из нас все уже решено... Но всегда находится какая-нибудь Бекки Шарп, которой хочется рискнуть: а вдруг? А почему не я?! Почему бы не попробовать?! Обидно, что тебя считают вторым сортом, хочется доказать, что существует свободный выбор и что я тоже человек.

Ну и что такого в том, чтобы забрать жениха у Эммы? Эмма хорошая, но ей ничего не стоит быть хорошей. У Эммы есть все — заботливые родители, устроенное будущее, полное благополучие, а теперь еще и муж, который обеспечит ей прекрасную жизнь. У нее есть все, а у меня ничего... Ее родители пусть заботятся о ней, а я буду заботиться о себе. Так бы рассуждала Бекки Шарп.

Ну вот, я украла у Эммы волшебные трусы! Это очень стыдно? Стыд и еще раз стыд! И позор. В русской классике часто описывается, как мелкий безнравственный поступок ведет к большому преступлению. Украв для начала трусы, я точно стану домушником или воровкой на доверии.

Если подумать, у меня просто не было других вариантов. Мои собственные трусы — простые белые, хлопковые, с разношенной резинкой. В них — невозможно. Он будет надо мной смеяться. Подумает «фу, какая жалкая» или «да уж...».

Я залезла в шкаф, открыла ящик и запустила туда руку, это было воровство. Моя рука сама схватила волшебные трусы, оторвала бирку и сама надела трусы на меня. Трусы «неделька», но не белые хлопковые, а черные шелковые, два черных прозрачных треугольника соединены ленточками, на большом треугольнике кружево (большой для попы или наоборот?). На маленьком треугольничке написано «Sandy» и картинка — кирпич, дорожный знак, означающий «стоп». Имеется в виду, что в воскресенье нельзя... Шутка такая. Зачем АС покупает Эмме трусы для секса? А еще гинеколог и мать!

Если я совершаю плохой поступок, я всегда представляю, что делаю секретик. Это очень просто: нужно вырыть ямку. Мысленно вырыть ямку в земле, на дно ямки положить серебряную бумажку от конфеты, сверху на серебряную бумажку как бы плюхнуть «плохой поступок» (в данном случае украденные трусы), поверх стеклышко и засыпать землей. Если поскрести землю, можно увидеть под стеклышком стыд и вину на серебряной бумажке, а если не скрести, то не увидишь. А чего не видишь, того и нет. Стыда нет. А трусы есть.

От трусов зависит вся моя жизнь. Можно сказать, решается — жизнь или смерть: если сейчас у меня не случится приступ ужаса, если я не описаюсь (давайте уж называть вещи своими именами), — значит, у меня будет жизнь. Когда речь идет о «жизни или смерти», что такое мелкое воровство? Так что хватит уже о трусах, а?..

На салфетке, вот она зажата у меня в кулаке, написано: «От метро Петроградская направо, мимо сквера на набережную Карповки, дом 14...» Кто молодец? Кто незаметно взял у него салфетку с номером телефона, как в романе, когда прячут записку в букете? Кто утром позвонил? Кому сказали «приходи»? Кто молодец? Я молодец!..

Вот сквер, вот какая-то река, вот дом четырнадцать... Похожу немного вокруг дома, глупо приходить раньше, как будто мне не терпится, чтобы меня лишили девственности...

Смешно, что мама, конечно, говорила, что до свадьбы нельзя. Все мамы говорят, что до свадьбы нельзя, он не будет тебя уважать и сразу убежит. Как будто он тут же пустится наутек, прижимая к себе украденную девственность, как Паниковский гуся... а ты будешь стоять, разинув рот, будто у тебя вырвали из рук гуся...

К тому же это просто пугалка, выдумка всех мам с доисторических времен, когда не было противозачаточных средств и секс означал беременность, бастардов, позор и потерю всего. На самом деле секс никого не отталкивает, а, наоборот, притягивает. Если быть сильной и независимой, секс — это оружие. А я буду сильной.

...А вдруг не пугалка? Вот я иду к Нему, а в моей голове все время звучит фраза из романа Войнич: «Девушка, которая допускает это, заслуживает своей судьбы». Вдруг все мамы мира знают что-то, чего не знаю я, и, если я «допущу это», меня постигнет ужасная судьба? Ха-ха. Это нервный смех.

Очень страшно. Может быть, он захочет меня раздеть? Или мне нужно самой красиво раздеться? Но как? Я не умею красиво, на мне мои старые джинсы, в них не видно, что толстые ноги... Нет, все-таки видно, но *не так*.

Еще минут пять-шесть, и можно войти в подъезд.

Все произошло совсем не так, как в романах: я застряла в джинсах. Застряла в узкой штанине. Прыгала по комнате на одной ноге, улыбалась, как будто это такой аттракцион. Как бы нечаянно допрыгала до ванной и скрылась за дверью. Там, за дверью, по сантиметру отлепляла от себя джинсы, как будто сдирала лейкопластырь. Он постучался: «У тебя все хорошо?», и что мне было сказать? Сказала: «Я тут немного побуду». Никогда не буду об этом вспоминать.

Потом, когда я все-таки вышла из ванной, все было хорошо. Не было ничего неприятного: ужаса, ступора не было, я не описалась. Ничего приятного тоже не было: оргазма не было, наверное, из-за боли.

Я думала, что мужчины не любят спрашивать, что как было, но он захотел со мной об этом поговорить.

— Ты только что была неопытной девочкой, а стала женщиной... ты не жалеешь?

— Кто вообще об этом жалеет, только многозначительные дуры.

— Ты не придаешь значения потере девственности?

— Я придаю разумное значение. Мне уже было пора перейти границу между невзрослыми и взрослыми. Оставаться на стороне невзрослых неправильно: если ты чего-то не знаешь, ты уязвим, а как только узнал — все в порядке, ты вооружен.

Почему-то мне хотелось выглядеть холодной и независимой. Гордая юная девица улетает далеко-далеко.

Он сказал:

— Ты была великолепна! Я впервые встречаю такую, как ты...

Я надула щеки, мысленно, — вот оно, я не как все! Ведь я именно об этом думаю: чтобы меня не постигла ужасная судьба (что бы это ни означало), нужно быть не как все. Тут важен образ, образ очень важен. Мой образ хороший: я полька, дочка художника... Я тоже художница! ...Но что я рисую?..

Скажу, что рисую картины. А покажу когда-нибудь потом, когда мы станем ближе. У Карлсона наверху, в домике на крыше, было очень много картин с петухами, которые он обязательно покажет Малышу, когда-нибудь.

И еще завтрак? Завтра утром приготовлю ему лучший в мире завтрак! Омлет или сырники. Лучше омлет, можно сделать с картошкой и помидорами. Яйца, молоко, мука... кажется, мама делает без муки. Лучше сырники. Для сырников творог, наверное, нужен.

— Девочка моя, многие изображают оргазм, но я еще не встречал никого, кто бы так талантливо притворялся в свой первый раз. Эти твои «а-а-а» и «о-о-о»...

Я чуть не заткнула ему рот, так мне было стыдно. Я думала, если есть оргазм, значит, я хорошая любовница.

— Никогда не ври мне, я сам это почувствую, — мягко сказал он. — Вот вчера у тебя был оргазм от того, что я тебя поцеловал и погладил... Ты малыш-врунишка.

Он так внимательно слушал и так добро смотрел, что все мои мысли про образ куда-то делись, и я взяла и все рассказала. Рассказала ему все плохое про себя — как наврала, что моя мама умерла. Ну, и конечно, что я не полька из старинного рода.

Он смеялся. Называл меня то пани Моника, то пани Тереза. Сказал, что ничего страшного, это детское вранье, я еще ребенок, он и сам ребенком жил в придуманном мире. Никто никогда не был со мной так добр.

Ну, и тогда я ему совсем все рассказала. Рассказывать было трудно, но не очень. Любовь — это когда все, что ты говоришь, очень важно, потому что ты для него очень важный человек. И еще вот такое волнение, когда человек тебя слушает. Когда ты ему все рассказываешь, как было.

Зачем? Ведь я никому-никогда?.. Чтобы он не думал, что я могу с каждым вот так, что меня можно прижать в темном коридоре и довести до оргазма, а на следующий день я сама напрошусь в гости, чтобы меня уже по всем правилам лишили девственности. Мне было очень нужно, чтобы он не думал обо мне плохо. Чтобы понял: это могло произойти только с ним. И мы с ним теперь одно: он — это я, а я — это он.

— Твою маму изнасиловали или почти изнасиловали, и ты перенесла все это на себя... Круто. Какая ты впечатлительная девочка, — ты что, правда собиралась убить этого психа, но как?

— Стащила у папы перочинный нож и пошла... Мне же было семь лет. Думала, что убью его вместо папы, и все встанет на свои места.

— Бедный котенок.

— Он там стоял и смотрел на меня. Он знал, что я знаю, что это он. Я представила, как он подходит ко мне и шепчет, и... Нет, ничего. Не скажу.

— Да я понимаю, понимаю, описалась, наверное, от страха... Малышка моя... тебе же было семь лет, это был шок... Мне бы хотелось посмотреть на тебя маленькую. Покажешь фото?

Я все ему рассказала, что вчера, с ним, я впервые не испугалась, что как будто раскрывалась, разглаживалась, и мгновенье, когда я просто улетела... Он сказал, что мне нужно было рассказать маме про свою детскую травму. И что теперь он будет меня любить и жалеть не только как мужчина, а еще вместо мамы. Так и сказал: «Теперь я буду тебя жалеть. Ты всегда сможешь со мной поделиться. Мы же не расстанемся с тобой, малыш. Ты будешь моей девочкой, моей любовью, моей параллельной семьей».

Я не собиралась с ним делиться, надоедать ему своим нытьем. У нас же любовь, а не психоанализ! Я буду его любовью, его параллельной семьей... Какой семьей?.. Параллельной? У него есть семья? Но как же АС не знала, что он женат?

Оказалось, он хочет жениться на Эмме, а я буду его любовью параллельно семье с Эммой.

Он сказал, что я чудесная, красивая и умная, и сексуальная, и его любимый малыш, но на таких, как я, не женятся. Так и сказал: «На таких, как ты, не женятся». Как будто я проститутка из «Ямы».

Унижение пропитало меня насквозь, как чернила промокашку. Комок в горле, крокодил в груди ворочается, и бьет хвостом, и кусает.

— Эмма будет правильной женой, ты согласна? Будешь свидетельницей? Это будет мило.

Конечно. Кому же не мило быть свидетельницей на свадьбе своего любимого? Дурой, которая рассказала о себе все, до последней молекулы. Дурой, которая могла подумать, что она чудесная, красивая, и умная, и сексуальная, и его любимый малыш, но не поняла, что на таких, как она, не женятся.

Вдруг стало понятно, какой он меня видит: глупые сиськи, пани Моника, детская травма, оргазм в кладовке. Он смеется надо мной. И ждет, что я еще как-нибудь его рассмешу, например, начну цитировать Чехова или глотать огонь. А по-настоящему я для него ничто, пустое место... Но я не пустое место!

— Эмма любит Глеба, — сказала я, — и она с ним спит.

Я наврала, что Эмма спит с Глебом, но ему было все равно, он уже выбрал Эмму.

Не смогла сама открыть дверь из-за трудного замка. В дверях сказала:

— На боль я отвечаю криком и слезами, на подлость негодованием, на мерзость отвращением.

Ждала, надеялась... ну, вдруг он засмеется и скажет, что пошутил?..

Он сказал:

— А это кто, Чехов?

Плакала в сквере у метро «Петроградская». Как бы я хотела всем рассказать! Закричать бы на весь сквер, пусть бы все узнали, как он со мной поступил! Ау, люди, зло должно быть наказано! Вообще не помнила, откуда это «Зло должно быть и будет наказано!», очень сильно плакала.

Я все понимаю. Я понимаю, — зачем я ему? Он сказал, что я не из той среды, которая его устраивает. Жениться надо на тех, на ком надо, а не на мне. Ладно, пусть я не из той среды, я жалкая безродная провинциалка, моя девственность ничего не стоит, и моя любовь ничего не стоит, он уже выбрал Эмму, а я просто подвернулась под руку. Пусть. Я второй сорт, он женится, а я заранее должна согласиться быть его любовницей. Пусть, пусть.

Я вот только одного не понимаю! Зачем он меня слушал! Мог бы сказать — знаешь, пани Моника, это твоя детская травма, а я тебе не психотерапевт, не папочка, не друг. Я ему рассказала про себя самое главное, то, что никому никогда, а он!..

В моей голове опять всплыло: «Девушка, которая допускает это, заслуживает своей судьбы». У Войнич эта мысль вложена в уста жуткого негодяя. Негодяй имел в виду потерю девственности, поэтому эта фраза весь день в моей голове. Сейчас я поняла: это же стопроцентно правда! Когда ты перестаешь сама заботиться о себе, когда вверяешь свое благополучие другому человеку, — ты заслуживаешь своей судьбы. Кто позаботится о тебе, если не ты сама? Бросила сама себя, так получай.

Вот и хорошо, что Эмма выйдет за него замуж! За человека, который еще не женился, а уже придумал иметь параллельную семью! Он всегда будет ей изменять. Пусть, пусть она тоже будет несчастной! Не мне одной должно быть плохо!

Вообще-то не я одна такая, кто думала, что ее любят, а оказалось, нет... Анна Каренина, Тэсс из рода д'Эрбервиллей, кто еще... а-а, точно, Муму. Она думала, что ее любят, а ее утопили.

Самое ужасное, невыносимое, нечестное — это что каждому сверчку свой шесток, и жизнь устроена именно так, как устроена. Нечестно, нечестно!

Слезы все текут и текут, и болит голова. Тяф-тяф.

Давид, Давидик

Я совершил что-то вроде поступка. У меня было достаточно времени подумать, прежде чем действовать: странные звуки, как будто скулит собака, доносились из комнаты Эммы долго, полчаса или больше. Я слушал и думал: это плачет не Эмма, Эмма всегда плакала не одна, в ее слезах участвовали все, а это был одинокий плач. Бедная девочка, не может заснуть, плачет вторую ночь (вчера я не слышал ее слез, наверное, крепко спал), ведь она пережила насилие. Если через полчаса плач не прекратится, я постучусь. Но что я скажу?..

Я так и не решился постучать, но через час скрипнула дверь, я услышал шаги на кухне и затем звук льющейся из крана воды.

На кухне стояла Беата в детской фланелевой пижаме в зайчиках.

— У тебя плохое настроение? — глупо спросил я.

— Я что, дура, рыдать всю ночь оттого, что у меня плохое настроение? Настроение отличное. Просто подумала, почему бы мне не поплакать, и вот... плачу. Можешь сделать чай? Я сначала выпью чай, а потом повешусь. Мне два куска сахара. — Беата всхлипнула и тут же смешно хихикнула, увидев, как я уставился на нее с открытым ртом и вытаращенными глазами. Прижала палец к губам и поманила меня за собой, и я пошел за ней в свою комнатку за кухней.

Беата уселась на кровать, прошептала «не зажигай свст», — не хотела, чтобы я видел ее лицо: нос распух, глаза как щелочки.

— А давай, знаешь, что? Давай устроим вечеринку, только ты и я, как тебе?.. Я больше не хочу плакать, я хочу разговаривать. Вот ты мне скажи, как тебя зовут? Почему тебя зовут то Давидом, то Димой?

Она смотрела на меня с таким живым интересом, словно не могла заснуть, гадая, как меня зовут.

— Меня раньше звали Димой. Я родился здесь и жил до шести лет. Бабушка еще до революции жила в этом особняке, она была из дворян. Эмма в нее такая аристократичная.

...Ох, я идиот, из дворян же была моя мать, а Эмма мне сестра по отцу! ...Особняк реквизировали, но бабушкиной семье оставили эту квартиру. Они с дедом прожили здесь всю жизнь. Дед был известный ученый. Я долго не знал, что моя мама из семьи известных ленинградских филологов. Узнал, что дед был знаменитым ученым, когда уже учился на первом курсе университета и случайно попал на лекцию на филфак (ошибся аудиторией и постеснялся уйти), и лектор упомянул научную школу моего деда.

— Этот особняк — родовое гнездо твоей семьи? Как интересно! Родовое гнездо есть, а семьи нет? А почему? Что случилось?

Я рассказал Беате все, что знал от Нино бэбо. Это были совершенно отрывочные сведения: «Твой дед был замечательный, великий человек, твоя бабушка была неплохая, можно сказать, хорошая, хотя ее дворянское происхождение подпортило ему жизнь». Вот и все, что я знал: дед и бабушка были прекрасные талантливые люди, мама вышла замуж за иногороднего студента строительного института, родился я. Когда мне было шесть, моя мама и ее родители погибли: ехали в Тарту на конференцию и попали в аварию, за рулем был мой отец. Затем приехала Нино бэбо и украла меня.

— Ты должен помнить, ведь тебе было шесть лет! Лев Толстой помнил себя ребенком, а ты!.. Неужели тебя, правда, украли?! А кто эта Нино, цыганка? А как она тебя украла? Знаешь, я один раз в деревне видела, как лиса уводила кошку: лиса прямо вьется вокруг кошки, а та идет себе с гордым видом, как будто с ней пришла подружить главная девчонка во дворе, вот дура эта кошка... — Беата, блеснув хитрыми глазами в разные стороны, изобразила лису, а затем, состроив умильную физиономию, — глупую наивную кошку. — Ну, рассказывай скорей! Как тебя украли?

Возможно, с другими людьми постоянно говорят о них самих, но у меня это было впервые. Никто еще не говорил со мной обо мне. Никто не разговаривал так, как будто все, что я скажу, очень важно и интересно, не смотрел на меня так внимательно, не ждал моего ответа, никто меня так внимательно не слушал. Когда на тебя так смотрят, начинаешь думать, что ты интересный человек, и это оказалось чертовски приятное чувство — вот я, я тебе важен, ты ждешь, что я скажу, затаив дыхание и не сводя с меня глаз, я сейчас скажу, и это будет много для тебя значить.

Беата смотрела на меня с детским любопытством, ждала, наверное, что сейчас в моем рассказе появятся цыгане, пираты, баба-яга. Было бы хорошо отвлечь Беату от ее горя, развлечь чем-то волнующим, но я не умею придумывать, а моя настоящая история была такой простой, что мне было неловко перед ней.

Нино бэбо на самом деле не бэбиа мне. Она сестра моего деда-филолога, совсем юной вышла замуж в Тбилиси, когда муж умер, осталась там. Нино бэбо рассказывала: «Вот я приехала в Ленинград на похороны, смотрю — ребенок, ты. Я попросила твоего отца по-хорошему — отдай мне ребенка, пока не придешь в себя. Он не сказал ни “да”, ни “нет”, тогда я тебя украла».

Нино бэбо пришла в детский сад, забрала меня под предлогом сфотографировать на память и увезла в аэропорт. Когда отец вечером пришел домой, мы уже были в Тбилиси. Никакой тайны, скрытых мотивов, преступлений, в этой истории все выглядят вполне красиво: Нино бэбо стремилась помочь моему отцу пережить трагедию, отец не собирался от меня избавляться.

— Ух ты! Ничего себе! Молодец твоя Нино бэбо! Все самой решить, увезти ребенка. Прямо как цыганка — раз, и все! А что было дальше? Твой отец бросился за вами в погоню?

Бэбиа сказала отцу, что он сможет меня забрать, когда снова женится, если она одобрит его жену.

Через год после моего приезда в Тбилиси родилась Эмма, и отец женился.

Бэбиа не одобрила новую жену отца, хоть никогда ее не видела. Бэбиа не понравилось все: «эта Алена» появилась неприлично быстро после смерти моей матери, не приехала в Тбилиси попросить меня у Нино бэбо и вообще сначала родила, потом на ней женились. «Твой отец думал, что я отдам моего птенчика чужой мамке. У тебя есть своя мамка, я», — смеялась Нино бэбо.

Может, еще темнота сыграла роль в том, что я так разговорился, — в темноте все звучит иначе, важней. Беата слушала меня так, будто ей важно было, что со мной было, что я чувствовал. Я никогда еще столько не говорил. Я вообще ни с кем об этом не говорил.

Каждый год, летом, бэбиа торжественно объявляла соседям «везу Давидика к отцу», и мы с ней уезжали погостить к ее подруге в Подмосковье. Оттуда привозилась моя фотография с отцом. Бэбиа показывала соседям нашу с отцом фотографию у Медного всадника, на Дворцовой площади, у фонтана «Самсон и Далила» в Петродворце. Подруга Нино бэбо была фотографом, мастером фотомонтажа. Она могла сделать что угодно. Фотографии с отцом выставлены в ряд на моем письменном столе, на каждой следующей фотографии отец старше на год, ну и я, конечно, старше на год. Можно догадаться, что это фотомонтаж: мы с отцом всегда находимся в неестественном положении по отношению друг к другу, например, на фото у входа в Ленинградский строительный институт, где работает отец, я развернулся в одну сторону, а отец в другую, как будто он только что отказался принять у меня зачет.

— Послушай, а как это — взять и разом все поменять? Ну, дом, родителей, язык? Тебе было трудно?

Я не помню. Не помню свой дом, детский сад. Всю мою ленинградскую жизнь как отрезало. Помню, какой в самолете давали лимонад — зеленый, и как Нино бэбо твердила «ты мой Давидик». В первую ночь на новом месте она положила меня спать с собой на большом диване. Для нее это был символ любви и доверия, знак того, что я теперь принадлежу ей как ее родной ребенок, но для меня это было чрезвычайно странно и непривычно. Я думаю, что мои родственники-филологи были по-ленинградски холодными и сдержанными, и у них было не принято брать ночью ребенка к себе. Также как кормить через силу («Ешь-ешь, Давидик, ты же у себя дома, разве тебе дома невкусно?»).

Было ли мне трудно из Димы стать Давидиком, в один день поменять все — дом, город, семью? Кажется, нет. Или да? Вряд ли в шесть лет я мог воспринять абсурдность происходящего, придумывать объяснения всему, что ставило меня в тупик, наверное, я просто начал жить, и все. Изо всех сил старался приспособиться, чтобы не отличаться от других детей. Вот это свое ощущение я четко помню, я очень старался не быть другим.

Беата сказала, что я не мог забыть свою прежнюю жизнь, что это просто защита, потому что я не хотел быть в Тбилиси чужим.

Ну, не знаю, может быть, она права. Ощущал ли я себя в Тбилиси чужим? Чужим нет, — как можно быть в Тбилиси чужим, — в нашем дворе не было чужих детей, все взрослые любили и воспитывали всех детей, но вот другим — да, всегда, каждую минуту. Меня как будто всегда было двое: один выполнял все повседневные действия, отвечал у доски, играл во дворе, плакал над книгой или в кино, смотрел футбол, учился в университете, — а второй за ним наблюдал. У одного меня была только бэбиа, а у другого был таинственный отец в Ленинграде, к неоспоримому существованию которого прилагалась мысль «ему не нужен бутхуз, гасиэбуло».

Я сказал, что это будут недостоверные воспоминания. Если ты историк и описываешь битву, то описание всегда будет недостоверным: имеют значение особенности восприятия, к примеру, близорукость, не говоря уж о чувствах и рефлексии — на чьей ты стороне, кому симпатизируешь, кто для тебя свои, кто чужие. Даже если ты вечером не можешь заснуть, перебирая то, что происходило пару часов назад, то оказывается, что даже всего через пару часов ты помнишь общий ход событий, но забыл детали, или, наоборот, какие-то детали врезались в память и заслонили общий смысл... В любом случае память тебя обманывает.

— Ага. Если тебя как следует потрясти, ты все вспомнишь. А достоверность никому не нужна: что ты чувствуешь, только то и есть, а остальное неправда.

Беата зевнула и предложила помочь мне вспомнить, но не сейчас, потому что сейчас я расскажу ей еще что-нибудь про Нино бэбо, и она пойдет к себе.

Я рассказал Беате, как Нино бэбо выгоняла меня из дома.

Когда я в третьем классе получил первую случайную двойку, Нино бэбо выгнала меня из дома. Выставила за дверь, закрыла дверь на цепочку. Выгонять меня нужно было потому, что бэбия беспокоилась о репутации семьи. Она кричала: «Я тебя выгоняю! Ты двоечник! Ты опозорил семью!» Нужно было кричать так, чтобы слышал весь дом — что она меня выгоняет.

Нино бэбо кричала, а дверь держала приоткрытой на цепочке. Шептала мне: «Давидик, рыдай и просись домой». Я прошептал: «Я стесняюсь проситься», и она кричала за меня: «Ах, значит, ты просишься домой?! Значит, ты больше не будешь?! Ты хочешь домой?! Ты больше не будешь?! Нет, не пущу!» Чтобы все слышали, весь дом. Прожив почти всю жизнь в Тбилиси, она стала больше грузинкой, чем ее грузинские соседки.

— Ты думаешь, соседям не все равно, что у меня двойка? — спросил я, когда Нино бэбо впустила меня домой и усадила ужинать.

— Соседям все равно, что у тебя двойка?! Это в Ленинграде всем все равно! А в Тбилиси всем не все равно, вовсе не всем все равно, всем не все... Всем важно, как я тебя воспитываю!..

... — Нино бэбо классная, она мне нравится! А вот твой отец... он похож на короля из «Бременских музыкантов», и голос у него такой капризный, ему бы мультики озвучивать, а он занимается железобетонными конструкциями... Но знаешь, вообще-то он и сам железный... Да ладно, не расстраивайся ты так, что отец тебя отдал. Любовь бывает разная, одни любят разумно, а другие страстно... Лучше когда страстно. Так что тебе лучше было с ней, с Нино бэбо. ...Вот ты думаешь, — ах, отец тебя забыл, думаешь, все на свете про тебя, а на самом деле везде идет то же самое кино: они заводят себе нового ребенка, а нас забывают. Ну, мне-то легче, конечно, мой отец художник. Если художник забыл ребенка, то ребенку не так обидно, отец забыл про него не потому что разлюбил, а потому что творческая личность. ...Что я такое говорю, мой отец меня не забыл... это я уже засыпаю... Мой отец меня обожает.

Беата зевала и закрывала глаза и вдруг совершенно бодро сказала:

— Есть хочу! Ох, как я есть хочу, проголодалась, как вол прямо... как волк! Можешь прокрасться на кухню и принести мне кусочек хлеба или печенье?.. Лучше сушки... нет, и то и другое... Только смотри не топай там, как слон! Колбаску захвати!

Беата мгновенно съела два куска хлеба, сушки, бутерброд с колбасой... Вздохнула, оглядевшись по сторонам, как будто в моей кровати могло найтись еще что-то съестное, как ребенок, погладила себя по животу, по своим зайчикам, и принялась рассуждать.

— Я тут думала о тебе, пока ела. Если кто-то тебя не любит, нечего ныть: «ах, ох, он меня не любит...» Это все фигня. Тупое нытье. Если тебя «ах, не любят», значит, ты не очень. Так ты стань лучше! Не будь занудой, не проси ничего. Оторви жопу от дивана и стань лучше. Если ты не из правильной среды, значит, тебе нужно попасть в эту среду... И не проси ничего, главное — никогда не просить. Ни сочувствия, ни денег, ни заботы, ни даже проводить до подъезда. А если тебя обидят, то отвечай: око за око, зуб за зуб. За свой зуб нужно выбить зуб другому.

Я не собирался никого просить проводить меня до подъезда и даже не думал попасть в какую-то другую среду или выбивать кому-то зуб... Я не сразу понял, что Беата говорит о себе. Беату было очень жалко, она говорила «око за око», а сама сидела в обсыпанной хлебными крошками пижаме с зайчиками.

— И еще про секс — никогда не думай, что о тебе подумают. Ты гордый и сам решаешь, когда и с кем тебе спать. Согласен?

— Ну, я... да, но... Ты права, конечно.

Так мы сидели и разговаривали, Беата с ногами на моей кровати, я рядом на стуле, пока она не сказала: «Садись со мной рядом, тебе же неудобно на стуле». Когда я сел к ней, она вдруг наклонилась ко мне и зарычала в ухо: «Будь всегда драконом. Олеша сказал, — он написал «Три толстяка». Помнишь такую сказку? Это он написал. Он сказал, что в шахматах нужна еще одна фигура — дракон. Дракон ходит как хочет и всех ест. ...Ты будь драконом. Я тоже буду драконом, мы с тобой будем два друга-дракона... Дракон Андреевна и Дракон Игоревич». Такие детские шуточки, я никогда столько не смеялся. Если честно, я вообще никогда ни с кем не смеялся.

Кто мог ожидать, что у меня будет такая ночь? Я уж точно не мог. Моя любовь к Беате не имела никаких претензий на взаимность, даже на то, чтобы она меня просто заметила. А кто сказал, что любовь обязательно желание обладать? А почему не желание безраздельно принадлежать? Любовь между нами была целиком моя, ну и что? На этой мысли я отключился, а Беата уже спала, она заснула мгновенно, только что смеялась, и вот упала на подушку и уже спит.

Ну, и проснулся я, конечно же... то есть я потом подумал «конечно же», а тогда я просто проснулся от слов: «мама, что, что ты, мама...». Надо мной стояла Алена Сергеевна. А Эмма у двери. Видимо, Эмма прибежала на крик матери. Алена Сергеевна смотрела брезгливо, как будто это не Беата спала рядом со мной, а лягушка, а Эмма растерянно повторяла: «мама, ну и что, что такого, что здесь такого...».

— В моем доме!.. Как это возможно? Переспать с ним, в моем доме! Он же непривлекательный, — сказала Алена Сергеевна.

— Он очень привлекательный, очень-очень привлекательный... И у них ничего не было... И если это любовь, мама...

— Ничего не было? Любовь? Ну, ты и дурочка! А она!.. Да она просто нимфоманка! Вон! Пусть идет вон!

Она так безобразно орала, а Беата так спокойно и достойно себя вела, сидела тихо, смотрела внимательно. И вдруг сказала: «Это же его квартира. Давида. Здесь жила его мать, бабушка. А теперь почему-то вы живете». И тут начался кошмар.

Отец мелькнул в коридоре и скрылся. Господи, как можно было подумать, что я претендую на квартиру! Что мы с Беатой поженимся и отнимем квартиру? А как можно подумать, что такая девушка, как Беата... была *со мной*?

Ушла Беата, за ней ушел я. Алена Сергеевна засунула в пакет розовый свитер, выставила пакет на площадку, сверху положила ее сумочку, а поверх всей этой унизительной пирамиды записку.

Я машинально подобрал выброшенную Беатой записку, там было написано: «"Постинор". Принять две таблетки в первые 72 часа после незащищенного полового акта», я скомкал записку и зачем-то засунул в карман.

Отец так и не появился. Если бы у меня был ребенок, я бы никогда не допустил, чтобы он вот так ушел из моего дома... Но это уже из области фантастики, чтобы у меня был ребенок.

Мы стояли на Фонтанке напротив дома и молчали. Как все же странно устроен человек: я не думал о главном, о том, что Беату, такую чистую и светлую, несправедливо унизили, что мои отношения с отцом так и не начались, но уже разрушены, и что вместе с отцом я потерял Эмму. Я не мог вернуться домой и не вернуться тоже не мог: я должен забрать пиджак дяди Вано... и кожаную куртку, она много для него значит. Так мы стояли и молчали, пока к нам не спустилась Эмма. В одной руке у нее была кожаная куртка, в другой мой чемодан. Умница Эмма.

— Я собрала твои вещи, подумала, что ты пока не захочешь видеть маму... И да, тебе телеграмма... Пока я собирала твои вещи, принесли телеграмму, я расписалась за тебя. ...Я понимаю, мама вела себя ужасно, но, может быть, вы ее простите?.. Или хотя бы меня? Мы сейчас что-нибудь придумаем, куда-нибудь пойдем и...

Телеграмма была от дяди Вано, в ней было написано — второй инсульт. Телеграмма была длинная, дядя Вано вообще был многословен и красноречив. Он напоминал мне, что первый инсульт у Нино бэбо случился через час после моего отъезда, о чем он сразу же сообщил мне телеграммой. И что Нино просила меня не прилетать, не прерывать ради нее встречу с отцом, но это был большой удар для Нино и для него лично, что я не прилетел и даже не позвонил.

Выходит, Нино бэбо все это время думала, что я вернулся в Ленинград к отцу и она мне больше не нужна?.. Я знаю, какая она гордая, замкнулась в себе, переживала, и вот — второй инсульт!.. Но где же та телеграмма?! Беата возмутилась, как плохо работает почта: как это возможно — потерять телеграмму?

Поймали такси, помчались втроем в аэропорт.

В такси я слышал, как девочки разговаривали на заднем сиденье. Эмма: «Мама сказала, что я ему очень понравилась, он хочет на мне жениться, с ним я всю жизнь буду в комфорте и в безопасности... в общем, он сделал предложение».

— Кому, маме?.. — засмеялась Беата. — И что ты?

— Я? Что я? Она мне уже свадебное платье подбирает...

Беата принялась ее тормошить, щекотать, приговаривая: «Ух ты, ух ты, поздравляю».

— Я люблю Глеба, правда люблю... Но что я могу сделать, ты же видишь, какая она, я перед ней как мышонок...

— А ты скажи: «Вот фига ему, а не я!»... Найди в себе силы, бедный маленький мышонок.

— Откуда у меня силы ей противостоять?..

В аэропорту Беата сбегала к начальнику смены, вернулась с билетом на ближайший рейс, сказала победительно: «Билеты продают только по телеграмме про похороны, но я выпросила!» — и через час я уже сидел в самолете Ленинград — Тбилиси.

Мы еще не успели взлететь, но я уже мысленно был в Тбилиси: вот Нино бэбо говорит дяде Вано, что не хочет отрывать меня от общения с отцом: «Пусть мальчик получше узнает своего отца, а отец своего мальчика», и как ей при этом хочется, чтобы я бросил все и приехал... Как объяснить ей, что прилетел бы в тот же день, если бы получил телеграмму? А вдруг... вдруг я не успею сказать ей, как я ее люблю?

Все ленинградское как будто осталось там, в дожде и тумане.

Отец, с которым мы так и не стали ближе, чем на фотомонтаже. Ничего я в нем не понял. Ироничность, отстраненность, железобетонные конструкции, Диккенс, «там, где галстук, там перед», равнодушие ко всем, кроме Эммы. Нино бэбо сказала бы: «Что ты летал, что нет».

Эмма, счастливая, избалованная любовью, лучащаяся счастьем.

Беата. Беата, по-моему, должна была бы сказать Эмме, что ее будущий муж... в общем, рассказать ей о насилии, предостеречь. Ей было бы больно говорить о насилии, но это было бы честно — предостеречь. Мысль о Беате мелькнула и отлетела. Бедная Беата, она как будто вдруг стала не вполне реальной. И моя к ней любовь тоже... ну, как бы осталась там, в Ленинграде. Как будто что-то могло быть только там, было свойственно только этому месту. Наверное, это была не любовь на всю жизнь, а просто я приобрел какой-то опыт. Не любовь на всю жизнь, а опыт.

Нино бэбо любит обобщать и делать заявления: «Все мужчины легкомысленные» или «Все мужчины такие — с глаз долой, из сердца вон». Если бы она узнала, как быстро я оставил Беату позади, сказала бы: «Вот уж от тебя я такого не ожидала, а ты как все...»

Как биолог я должен принять тот факт, что «как все» не существует и «ожидать» нельзя ничего ни от кого. Любой человек так сильно отличается от нашего представления о нем, что мы никогда не узнаем его до конца. Никого не узнаем до конца, в том числе самих себя. Мы все (в этом смысле мы можем сказать «все») изменчивы, текучи и можем преподнести сюрприз даже себе самим.

Приблизительно о том же на прощанье сказала мне Беата:

— Ты еще всем нам покажешь, потому что ты странный.

— Он не странный, а нормальный, — вступилась за меня Эмма.

— Странный — это хорошо, нормальный — плохо, здоровы и нормальны только заурядные, стадные люди.

Я ждал, что Беата добавит: «Это Чехов про тебя сказал»*.

* Беата действительно цитирует Чехова: «Здоровы и нормальны только заурядные, стадные люди».

ПРОШЛО ДЕСЯТЬ ЛЕТ

Глава вторая

ВОЛШЕБНИК ИЗУМРУДНОГО ГОРОДА, 1999 ГОД

12 февраля

Мой дорогой Давид!

Все мы, папа, мама, Глеб и дети, поздравляем тебя с тем, что ты приглашен на конференцию TED. Это поможет тебе получить должность профессора? Или ты как руководитель нейробиологической лаборатории и так уже профессор? У нас ведь с научными званиями все не так, как у вас. Знаешь, каждый раз, когда я пишу на конверте твой адрес, я на секунду замираю и думаю: «Мой брат работает в Нью-Йоркском университете — это так круто! New York University!

Мама с ее нетерпеливым желанием успеха (ей бы хотелось, чтобы Мариша уже победила на конкурсе

Чайковского, а Димочка уже выиграл у Каспарова) уверена, что ты получишь Нобелевскую премию. Вчера я слышала, как она приводит тебя в пример детям. Цитирую (прости за резкость выражений): «Ваш новый американский дядя молодец, — на руках больная бабка, ни денег, ни поддержки, казалось бы, каждый может дать ему под блохастый зад, а он старался, работал, и вот вам пожалуйста, Нью-Йорк, и впереди у него Нобелевская премия... Не то что ваш отец». Мама есть мама.

Дети расспрашивали меня про «нового американского дядю», почему ты появился недавно. Димочка спросил: «Наш дядя что, только сейчас родился?» Я объяснила, что полгода назад увидела на столе их деда письмо и тут же написала тебе. Пришлось объяснять и все остальное: что ты мой брат только по отцу и почему папа тебе не писал. Это не совсем детская информация, но я никогда им не вру. Рассказала, что много лет назад случилась неприятная история, но родственные связи никогда до конца не рвутся, — и вот я тебе написала, ты ответил, и мы уже несколько месяцев переписываемся.

В общем, мы все за тебя очень рады и поздравляем!

Ты тоже можешь нас поздравить! У нас большие успехи! Папа научился держать ложку. Раньше я его поднимала перед уходом на работу, чтобы помочь ему совершить туалет и накормить. А теперь он может еще поспать. В туалет он теперь ходит сам, что, конечно, большое счастье, прежняя ситуация была для него невероятно мучительна, при его гордости и застенчивости. Кашу я ему варю перед уходом и весь первый урок думаю, а вдруг он уронил тарелку и сидит голодный... Его правая рука лучше, но все-таки не очень... А левая так и не работает.

Папа, дай ему Бог долгой жизни, стал как ребенок, на все говорит: «Спасибо» и плачет. Покормила — плачет, укутала в плед — плачет. То все плакала я, а теперь он.

Беспокоит меня его настроение. Он не борется. Пока меня нет, сидит в кресле весь день с открытой книгой, а как только я вхожу, начинает сжимать мячик, а ведь руку нужно постоянно разрабатывать! У меня это прямо идефикс, чтобы он разрабатывал руку. Врач говорит, что все зависит от его воли к жизни: жизнелюбивые люди упорно тренируются, каждый день маленькими шагами идут к цели и совершают чудеса. А папа смирился и от этого ленится. Ну, ты все понимаешь, ты ведь так долго ухаживал за Нино. Как подумаю, что ты столько лет ухаживал за ней один, чуть не плачу: только теперь я понимаю, как это больно, когда любимый человек стал совершенно беспомощным. Я хотя бы делю эту боль с мамой.

Книга у папы на коленях все время одна и та же — «Большие надежды». Мама ради эксперимента подсунула ему «Домби и сын», он не заметил. Вчера посмотрела на него и вдруг так горестно: «Неужели это теперь моя жизнь?..» Ее тоже ужасно жалко, она растеряна, раздражается на все.

Вот, к примеру, Глеб любит, чтобы я открывала ему дверь. Я слышу звонок и бегу сначала к зеркалу, а уже потом к двери. Маму это раздражает. Она говорит: «Ты что, всю жизнь будешь в зеркало смотреть перед его приходом? Это глупо, любовь живет три года, это время, которое природа выделила на то, чтобы родители могли подрастить жизнеспособного ребенка. А у вас одному ребенку девять, а второму шесть». Почему-то ее раздражает, что я люблю Глеба.

Любовь живет три года? Ну, значит, мы исключение. Наша любовь не стала меньше, не переросла в другую, спокойную родственную любовь, и я каждый раз встречаю его, как в первый раз. Я тебе этого желаю с Катей. На фотографиях, особенно на той, где вы в Сентрал-парке, она выглядит такой милой, и кажется, очень влюблена в тебя. А ты просто красавец!

Ты вообще-то помнишь, что ты уже не «толстяк», а худой и красивый?

Какой все-таки интересный психологический феномен, что ты так мгновенно похудел после смерти Нино! Как будто пока она жила, ты должен был быть ее толстым мальчиком. А после ее смерти твой мозг дал команду телу, и ты похудел без всяких диет. Вот бы папин мозг дал команду его рукам и ногам. Но главное, конечно, речь! Главное, чтобы восстановилась речь!

Мне кажется, было бы здорово, если бы вы с Катей съездили куда-нибудь на уик-энд. Ты говоришь, что не уверен в своих чувствах, не создан для романов, не знаешь, о чем с ней можно долго разговаривать, что у тебя были отношения только с женщинами-коллегами, а Катя не из научной среды... В этом все дело? Ну, хотя бы попробуй, что тебе стоит? На один уик-энд! Может быть, ты поймешь, что тебе с ней хорошо.

Бегу на работу. Обнимаю тебя, мой дорогой, любимый братик.

17 марта

Дорогой Давид!

Прежде всего, спасибо тебе. Но есть кое-что неприятное, что я хочу тебе сказать. Да, речь о деньгах.

Пожалуйста, не надо присылать мне деньги.

Я не сказала Глебу, что ты передал мне деньги, но я уверена, ему это не понравится. Он считает, что сам отвечает за нашу семью. Ему необходимо знать, что это он обеспечивает нас всех. Да, нам бывает очень трудно, но я стараюсь, чтобы Глеб этого не заметил и не расстроился. Глеб очень гордый человек, и я еще больше его люблю за это.

Есть и еще одна причина. Смотри: если я буду знать, что при любом упоминании денежных трудностей ты бросишься на помощь, то как я могу быть с тобой откровенной? Я стану сомневаться, могу ли я тебе о чем-то рассказать, не поймешь ли ты это как завуалированную просьбу. Стану раздумывать над каждым словом, скрывать трудности. Мои письма быстро превратятся в «мы живем хорошо, здоровье наше хорошее». Вместо разговора с близким человеком получится нечто формальное и ненужное. А ты мне очень нужен!

Ты мне очень нужен, ты мой брат, единственный человек, которого я не стесняюсь, с которым могу быть полностью откровенной. Пожалуйста, не порти все, мой дорогой Давид! Не отнимай себя у меня, давай ты будешь мне братом, а не американской материальной помощью. Взамен я обещаю: если, не дай бог, у нас случится что-то плохое, я сразу же спрошу прямо, можешь ли ты помочь. Договорились?

Ты спрашивал, каковы наши материальные обстоятельства. Теперь, после того, как мы с тобой договорились, я могу написать правду. Не бойся, она не страшная.

Конечно, перестройка ударила по нашей семье, как и по всем остальным. В той, прежней жизни у меня был папа-профессор, муж кандидат наук, мама-гинеколог. Сейчас, как ты понимаешь, все не так. Папина профессорская зарплата давно превратилась в фикцию. К тому же папа все равно больше не сможет работать.

Мама работает в той же женской консультации, что и раньше, но если раньше к ней текли пациентки бесконечным потоком и несли «дефицит» (она говорит «я была кум королю, а что теперь...»), теперь дефицита нет, а зарплата у нее маленькая, ее хватает... ну, скажем, на то, чтобы мама купила себе новое платье.

Нас всех содержит Глеб. Он большой, просто огромный молодец! Хотя у него не всегда все бывает удачно. Но мы ни в чем не нуждаемся. Неделю назад он вдруг, без всякого повода, купил мне духи, правда, это совершенно выбило нас из бюджета.

Мама считает, что я неправильно живу: трачу столько времени на детские занятия, Маришину музыку и Димочкины шахматы. Говорит, что я живу как на войне: отвожу Димочку на шахматы, забираю с музыки Маришу, отвожу домой, бегу за Димочкой, что в такое трудное время я только и делаю, что бегаю и обучаю, бегаю и обучаю... Каждый раз, когда иду по Аничкову мосту, я думаю, какое счастье, что мы по-прежнему живем на Фонтанке, в двух шагах от Дворца пионеров (теперь он называется Аничков дворец), и там есть и музыка, и шахматы. Может быть, ты думал, что я скажу, какое счастье жить в этой красоте, но смирись с тем, что твоя сестра — курица, возвышенности во мне ноль, для меня главное — дети. Дети не выбирали время, в котором родиться. Я родила их и все сделаю, чтобы Мариша получила то же воспитание, которое было у меня (я ведь, знаешь, прилично играю), и Димочка делает успехи. Глеб со мной согласен. Он прекрасный отец.

Можно я немного пожалуюсь на маму? Мама недолюбливает Глеба. Началось это, когда он бросил преподавание в институте и начал гонять машины из Германии, и однажды у него в Польше украли машину. Папе пришлось выплатить стоимость машины. Это было давно, но мама все никак не забудет, все время его цепляет с невинным видом. Сегодня встречает меня словами: «Глеб на меня обиделся за то, что я сказала “козел польский”.

А я не ему сказала, а одному польскому козлу в телевизоре». Мама иногда ведет себя как ребенок.

Замечательно, что вы с Катей едете на уик-энд в Бостон. Правильно Катя взяла инициативу на себя. Твоего предложения провести вместе больше, чем два часа, можно было и не дождаться. Катя, должно быть, счастлива иметь рядом такого человека, как ты. Вот посмотришь, как тебе будет хорошо провести с ней весь день и всю ночь. Вы с ней уже много раз были вместе, но в Бостоне вы будете как семейная пара. И не говори мне, что тебе не надо, что ты лучше поработаешь! Тебе очень надо, чтобы у тебя была не просто подруга, а близкий человек.

Напиши мне потом все о поездке подробно, как я люблю.

Обнимаю тебя.

P.S. Чуть не забыла. Угадай, кого я встретила?! Беату! Помнишь мою детскую подружку, польку? Впрочем, что за дурацкий вопрос, конечно помнишь. Ведь из-за этой истории (во всем виновата, конечно, мама) мы с тобой расстались на годы, а с папой вы так и остались чужими людьми.

Беата стояла у прилавка в антикварном салоне на Невском (мы называем его «три ступеньки вверх») и примеряла мамин «бант Севинье». Это корсажная брошка-стрекоза: если нажать на тайную пружинку, стрекоза машет крыльями и бриллианты играют. Брошка, представь, из придворной мастерской и даже, по семейной легенде, была внесена в реестр «Национальное достояние». Брошку я пару недель назад по маминой просьбе сдала в магазин и зашла проверить, продана ли она.

Рядом с Беатой стоял мужчина (как оказалось, это был шведский консул), держал в руках деньги. Он повторял: «Мадам, я отложил брошку и ушел за деньгами, здесь можно платить только наличными, я коллекционирую работы царской придворной мастерской, я первый покупатель, ведите себя цивилизованно». А Беата твердила: «Это русская брошка, она должна остаться в России» — и вдруг зажмурилась и с такой силой сказала: «Я так ее хочу!», что бедный консул растерялся и ушел. Беата улыбнулась ему вслед: «Русские победили шведов!» Увидела меня и холодно кивнула. Я растерялась от такого холодного приема, а она закричала: «Шутка!» и бросилась обниматься.

Какая она теперь? Внешне совсем другая, из полноватой кудрявой девчонки превратилась в изысканную модель с обложки журнала, и щербинка между зубами исчезла. А внутренне она совершенно такая же, как была, — искренняя, добрая и сразу своя.

Я не ожидала, что она захочет встретиться с мамой, все же мама так сильно ее оскорбила. Но она засмеялась и сказала: «Да ладно, я же умею считать деньги». Попросила меня забрать «бант Севинье» из салона, чтобы купить у мамы дешевле, из цены вычесть комиссию.

В целом это, конечно, говорит об ее легком характере: я бы не пережила, если бы меня выгнали из дома, да еще в такой ужасной форме. Я же помню, как мама стояла над бедной Беатой, уставившись на нее сузившимися от бешенства глазами, и как скомандовала железным голосом: «Так, собрала вещи и ушла». Пусть бы «тебе стоит уйти», но она так торопилась ее обидеть, что выбрала самый оскорбительный вариант — «собрала и ушла». У меня мальчик в сочинении написал: «После того как собаку избили палками, у нее остался неприятный осадок». У меня на месте Беаты остался бы «неприятный осадок».

Ей было искренне интересно все про меня. Но у меня все просто, можно рассказать за минуту: Глеб, дети.

— Обалдеть. Значит, ты все-таки вышла за Глеба... Я была уверена, что ты послушалась маму и вышла замуж за... не помню, как зовут, за ювелира. Но ведь твоей маме невозможно противостоять, как это вышло? Не хочешь — не говори.

— Мне кто-то позвонил. Это был девчоночий голос, писклявый: «А ты хорошо знаешь человека, за которого выходишь замуж? Он меня изнасиловал». Эта девочка сказала, что он ее изнасиловал.

— Глеб ее изнасиловал?

— С ума сошла?!

— Ну, дальше понятно: ты рассказала родителям, и твой жених-ювелир — пфф, улетел!..

Конечно, я не сказала родителям: ведь это могло быть неправдой. Нельзя говорить такие вещи, если не уверена.

Давид, я не рассказывала тебе, можно я быстро расскажу? Это самая романтичная история в моей жизни. Нам уже нужно было ехать во Дворец бракосочетаний, я в платье, в фате... и вдруг звонок. Я не поверила, но впервые в жизни сильно разозлилась: все хотят мной управлять — мама, папа, даже эта незнакомая писклявая девушка! Что же мне теперь, всю жизнь раздумывать, изнасиловал мой муж кого-то или нет? Ну, я и сняла фату.

Вошла мама ехать во Дворец, а я... Это оказалось проще, чем я думала: смотришь в одну точку и отвечаешь «нет»: «надень фату» — «нет», «хочешь без фаты?» — «нет», «ты здорова?» — «нет», «ты нездорова?» — «нет», «ты сошла с ума!» — «нет»... Мама побежала за папой, а я выскочила, как Подколесин, но не в окно, а в дверь, у нас, как ты помнишь, пятый этаж. Убежала к Глебу.

Беата сказала: «Круто! Ты, такая послушная, сбежала из-под венца, как в кино! У вас с Глебом не просто брак, у вас история любви». Люблю Беату за то, что она всегда все понимает.

Но бог с ней, с Беатой. Важно — про маму. Мама не объяснила мне, зачем ей нужны деньги, сказала, чтобы я от нее отстала и что человек должен иметь личное пространство. Но что именно мама собирается делать в своем личном пространстве?

Я могу сказать об этом только тебе: она не в порядке. Конечно, как гинеколог она отдает себе отчет, что у нее «переходный возраст», но ей от этого не легче. На работе она держится, а дома истерики. Беда с папой совсем ее подкосила, она все время повторяет: «Моя жизнь пошла под откос». Мне ее невыносимо жалко, но чем поможешь? Прости, что я жалуюсь. Как я рада, что ты у меня есть.

Целую крепко, ваша репка.

20 марта

Дорогой Давид!

Сейчас почти ночь, Глеб спит, завтра тяжелый день, у меня пять уроков, потом у Мариши в школе концерт, но я так хочу описать тебе сегодняшнюю сцену! Боюсь забыть детали, так что лучше напишу прямо сейчас. Будет быстрей, если я тебе все опишу в лицах.

Мама Беату не узнала. Потом притворилась, что не помнит, кто она. Конечно, ей стыдно вспоминать, что выгнала людей на улицу.

Мама:

— Как это тебе удалось так измениться? Пудель превратился в борзую.

— Я уже давно такая... Только что была во Франции, в СПА. Детокс, колонотерапия — и еще минус размер. Но мне очень трудно поддерживать результат, я же от природы совсем другая.

Мама (как будто не услышала Беату):

— Я редко соглашаюсь с Глебом, но сейчас он совершенно прав: Эмме надо уходить с работы.

О-о, эта мамина манера пренебрежительно оставить неинтересную ей тему и разговаривать с гостями о своем, что в данный момент важно для нее. Мне при этом всегда ужасно неловко: выходит, гости нам настолько неинтересны, что мы уж, так и быть, поговорим с ними о самих себе.

Мама, не задав Беате ни одного вопроса, что произошло с ней за десять лет, начала рассказывать вчерашнюю историю. Я быстро расскажу, поскольку это сыграло свою роль.

Вчера вечером я дежурила по общежитию (в училище правило, что каждый день дежурят учитель и мастер производственного обучения). В одной из комнат мужского общежития была девушка. Я вела себя тактично: постучалась и, не глядя на парочку, сказала: «Пожалуйста, не нарушайте правила». Девушка ушла, а парень стал ругаться и теснить меня к окну с криком «сейчас выкину тебя из окна!». Мне повезло, что мимо по коридору проходил мастер и спас меня: парень оказался не вполне психически уравновешенным. Но я даже испугаться не успела, успела только подумать: «Если сейчас он выбросит меня из окна, кто отведет Димочку на шахматы? А с Маришей сегодня нужно повторить этюды Черни». Теперь Глеб требует, чтобы я ушла из училища. Говорит, если уж я так хочу работать, то могу преподавать литературу в школе, а не в ПТУ. Глеб, с его благородством, не отдает себе отчета в наших обстоятельствах. В училище я получаю на сто долларов больше, чем получала бы в школе. Эти сто долларов — английский для детей и массаж для папы. Я не могу сказать об этом Глебу, ему будет неприятно.

Но Беате все же хотелось рассказать о себе.

— У меня за эти годы так много всего произошло!.. Я бросила университет, уехала домой, потом решила найти отца. Я ведь тогда наврала, что отец с нами. На самом деле он от нас ушел. Женился на француженке. Я поехала к отцу в Париж, училась в Сорбонне...

— Опять врешь? — засмеялась мама.

— Сейчас-то мне зачем врать? Тогда я вас всех стеснялась, мне казалось, что вы такие, ну, вы понимаете... такие важные, а я из провинции, — улыбнулась Беата и застенчиво добавила: — Насчет вашей брошки: цена салона минус восемь процентов комиссионных. И скидка десять процентов за то, что я плачу прямо сейчас. Минус восемнадцать процентов от первоначальной цены.

— Скидка?.. Но почему ты вообще покупаешь бриллиантовую брошь? Откуда у тебя деньги? Да, и почему скидка?!

— Скидка, потому что вам нужно продать. Вы хотите продать?.. Я понимаю, вам очень тяжело расставаться с семейными вещами. Сейчас так много людей продают свои семейные реликвии... — сочувственно сказала Беата. — Но я покупаю именно у вас, потому что мы старые знакомые. У вас же такая ужасная ситуация, раз Эмме приходится работать в ПТУ. Я хочу помочь. Но если нет, то нет.

— Ну почему же нет?..

— Ведь это же правильно, что я стараюсь делать вклад в свое будущее? Покупаю антикварные украшения. ...Ой, а ведь это, наверное, брошка матери Давида? Он говорил, что у него бабушка из дворян...

Я впервые видела, чтобы мама смутилась. Но ей не пришлось отвечать, у Беаты зазвонил сотовый телефон. Сотовый телефон у нас редкость.

— Да, милый, я в гостях у друзей детства, это профессорская семья, они в тяжелом положении, ну, знаешь, как вся интеллигенция сейчас... А тут как раз есть чудесная брошка, называется «бант Севинье»... Надо помочь. Как помочь? Купить брошку... Сколько стоит? Да ерунда, в магазине три тысячи долларов, а мне минус восемнадцать процентов... Слушай, я запуталась, не могу посчитать, сколько это. Да, я у тебя двоечница, не помню, как считают проценты, ты лучше сам... Спасибо, милый, это очень благородно с твоей стороны, я рада, что мы смогли помочь, целую.

Бедная мама была совершенно сбита с толку: неужели роли настолько поменялись? Ее дочь, вместо того чтобы делать университетскую карьеру, работает в ПТУ, а жалкая провинциальная девочка покупает бриллиантовую брошку.

Беата повернулась к маме:

— О чем мы говорили?.. А-а, да, что я делаю вклад в свое будущее. Деньги — это важно, но нельзя же думать только о деньгах, правда? Должны быть разные активы: недвижимость, недвижимость за границей, бриллианты... Помните, вы учили Эмму «правильно инвестировать свою молодость и красоту». Но ведь брак — это ненадежно, правда? То есть Эмма, конечно, за Глебом как за каменной стеной, полностью обеспечена, так? А я человек недоверчивый. Сегодня я замужем за миллионером, у меня яхта, самолет, бриллианты, а завтра? Нельзя быть только женой миллионера, нужно полагаться на себя, тогда чувствуешь себя защищенной, вы согласны?

Мама сказала «та-ак» ниже на октаву, я знаю, что это низкое «та-ак» означает — пришла пора нападать. Тебе может показаться странным, что маме непременно нужно взять верх над малознакомой Беатой, которая, в сущности, даже не моя подруга. Но надо знать маму, ей всегда важно взять верх, такой уж характер.

— Насколько я помню, ты выиграла у моего мужа в шахматы? А теперь не можешь посчитать проценты? Ты так поглупела? И Сорбонна не помогла? — сделала ход мама.

— Я и в математическом классе училась, и что? Мужчинам нравится, когда женщина такая глупая зайка.

— Ну что же, я рада, что ты такая блестящая и на коне. Твой миллионер старше тебя лет на сорок? И кто он, какой-то уголовник?

Бедная мама, она втайне надеялась, что Беата — любовница какого-нибудь пожилого бандита.

Беата доверительно понизила голос:

— Можно я вам скажу, как врачу? Для меня очень важен секс. Зачем же мне пожилой партнер? Мой муж одного со мной возраста. Правда, он пока не так много зарабатывает: я могу позволить себе такие покупки, как эта брошка, всего раз в месяц... ну, от силы два... нет, ну, если совсем честно, то три... Но, конечно, у него все впереди. Он, кстати, из хорошей семьи, сын генерала... Сейчас на папе-генерале далеко не уедешь, но все же связи имеют значение... Ну, вы же понимаете, что значит, когда тебе как бы дают толчок.

— А ты сама-то что делаешь, дома сидишь? — с надеждой спросила мама.

— Сижу. У меня издательский дом... И я открыла агентство по подбору домашнего персонала: мажордомы, водители, горничные... Вам не нужна горничная? Мои прекрасно обучены...

Беата показала журнал «Бизнес-леди» (он был у нее в сумочке), небольшой журнал в глянцевой обложке, на обложке фотография Беаты с подписью «Бизнес-леди № 1», Беата там очень красивая.

Конечно, это была очень изящная месть! Беата не произнесла ни одного обидного слова. Вела себя не как нахальная победительница, а как старый друг: старый друг сочувствует старому другу в изменившихся печальных обстоятельствах. И так, ласково и доброжелательно, разбила всю мамину армию, включая провиантский обоз.

Как только мама вышла из комнаты, Беата поцеловала меня и сказала:

— Ну все, ура, я отомстила! Хочешь знать подробности, что из этого правда, а что я наврала?

Судя по ее хитрому виду, это наверняка то, что принято называть «шокирующие подробности». А бедной маме даже в голову не могло прийти, что Беата привирает, ведь она купила у нее дорогущую брошку.

Я не хотела знать подробности. Нужно было заниматься детьми (детей Беата просто не заметила, как будто рядом бегали собаки, а она не любит собак и относится к ним без интереса). Мне нужно было почитать с Димочкой (мы с ним читаем по ролям «Волшебника Изумрудного города»), Маришу послушать (все те же этюды Черни) и с папой посидеть хоть немного.

Беата пообещала, что мы еще увидимся. Уверена, что она обо мне забудет и мне не придется узнать шокирующие подробности. И тебе, дорогой Давид, не придется!

В дверях Беата сказала:

— Я думала, что ты эгоистичная плакса, а ты... Не ожидала от нежной ромашки такой стойкости. Но скажи, ты счастлива? ...Ах, какое у тебя счастье — за всеми как нянька. У тебя, считай, на руках четверо детей! Твои детки, плюс мать ведет себя как твой третий ребенок, ее климакс достался тебе, потому что твой отец болен. Ну и отец — четвертый, все — тебе... А ты, ты-то кому ребенок? Стоит такая жизнь того, чтобы спать с Глебом?

Я удивилась: о чем она? Оказалось, так когда-то говорила мама, предрекая мне всяческие неприятности, если я выйду за него замуж. Странно, что я этого не помню, а Беата помнит.

Я так не рассуждаю, стоит или нет. Просто это реальная жизнь, я к этому нормально отношусь. Глеб мой муж, это данность, как небо над головой. Если я через десять лет брака смотрю на него и любуюсь, значит... все не зря. И дети.

— А ты помнишь шутку твоего отца про Бекки Шарп? Бекки Шарп была классная, не подчинялась обстоятельствам, что хотела, то и получала. И, между прочим, кому она сделала плохо? Только себе хорошо. Сейчас время Бекки Шарп. А ты идешь мимо жизни!

— Может быть, это ты идешь мимо жизни? А дети?

— На фига мне дети? Дети крадут счастье. Детям, хочешь не хочешь, приходится отдавать. А чем меньше отдаешь, тем ты счастливей.

Беата не хочет иметь детей. Считает, что это рискованные инвестиции. Так и сказала:

— Дети — это рискованные инвестиции. Сколько случаев, когда люди стараются, вкладывают свои силы и время, и зачем? Чтобы в старости стакан воды подали? Еще неизвестно, что вырастет. Лучше я сама позабочусь о своей старости, сама-то я себя не брошу, правда?

Это было так глупо, что я даже отвечать не стала. Спросила:

— Это ведь ты тогда звонила? Притворилась писклявой девочкой? Ты сказала про изнасилование. Получается, я тебе обязана счастьем. Как Эмилия обязана своим счастьем Бекки Шарп.

А вот это была моя маленькая месть: то, что я не спросила, правда ли было изнасилование.

Я всегда знала, что это она звонила. А кто же еще? Что-то там такое было, но мне незачем знать.

Когда Беата наконец ушла, я вдруг почувствовала себя очень счастливой: у меня есть Глеб, дети, и мама, и папа, и ты. И я правда считаю, что наша жизнь нормальная, от слова «норма». Каждому человеку достается какая-то норма счастья, и я довольна тем, что досталось мне. Беата уверена, что должна быть счастливой всегда, каждую минуту, а я думаю, что случается грустный вечер, и это тоже нормально.

Я рада, что мы увиделись. Мне было очень перед ней стыдно — за маму, конечно, но и за себя. Вроде бы я не была перед ней ни в чем виновата, но все-таки виновата: тогда, в юности, у меня было все, а она была одинокая девочка, и это ее выражение лица... как будто она голодная. Если у одного человека есть то, чего нет у другого, он уже виноват, согласен? Ну, в общем, я рада была ее повидать и очень рада, что мы больше никогда не увидимся.

В одном Беата права: с мамой очень трудно. Выяснилось, зачем мама продала «бант Севинье». Потому что она совершает поступки. Продала брошку, чтобы купить шубу. Сказала, что мужа у нее фактически нет, скоро ее женская жизнь вообще закончится, и ей нужно успеть взять от жизни хоть что-нибудь. Что-нибудь — это шуба?..

И добавила: «А тебе нужно брать пример с Беаты. Ты как кролик в клетке, нельзя так много и нудно заниматься детьми, и ты должна найти себе любовника». Господи, любовника... Я спросила: «Зачем, мама?», она ответила: «Чтобы не болтаться у меня под ногами! Ты мне надоела». Затем сказала, что я ей больше не дочь, сказала Марише, что она ей больше не внучка, и лежала, обиженная, на диване в гостиной. Мама часто говорила о своих пациентках «не дай бог такой климакс», а теперь сама в таком безумии. Сегодня у меня уже нет сил ее утешать и уговаривать.

Я вот о чем мечтаю. Тебе, конечно, очень не хватает Нино, и, хотя мы тебе ее не заменим, но, может быть, вы с Катей приедете к нам в отпуск? С папой вы так и не узнали друг друга, а сейчас он в таком печальном состоянии, что «узнать его поближе» уже невозможно. Но все-таки он твой отец, я верю, что между вами есть тонкая душевная связь, такая же, как между ним и мной. Папа не разговаривает, всем это кажется просто звуками, мы молча сидим рядом, я держу его за руку, и это — самая настоящая близость, как будто попадаешь в поток и становишься одним целым.

Ну, а мама извинится перед тобой по всей форме, если дело в этом. Но, зная твою доброту и ум, я уверена, что после стольких лет, смерти Нино и папиного инсульта, та гадкая история уже не имеет значения. Смешно даже представить, что тебе, как Беате, захочется «отомстить» маме.

Все-таки мальчики лучше девочек, шире и добрей, ты не находишь? Хотя, конечно, граф Монте-Кристо был мальчиком, ха-ха.

Спокойной ночи, мой дорогой!

Твоя Эмма.

2 апреля

Дорогой Давид!

Глупо, что я так долго, целое письмо, занимала тебя всем этим неинтересным. Беата вдруг появилась из прошлого и невольно выступила как ревизор, как бы проверяя, чего я достигла. Поэтому мне показалось, что эта встреча имеет какое-то значение, а на самом деле ни малейшего.

Так что теперь про интересное.

Димочка сегодня спросил: мозг растет только у детей или у взрослых тоже?

Я бы раньше сказала «только у детей», но благодаря тому, что ты описываешь мне эксперименты твоей лаборатории, смогла ответить правильно: что мозг пластичен, может меняться, увеличиваться в размерах и что чем больше человек учится, тем больше образуется нейронных связей. Димочка тут же начал измерять сантиметром голову себе и Марише, и они поссорились, у кого больше мозг.

Затем они стали играть «в эксперимент», в котором мы с Маришей были подопытными крысами. Мариша была «богатой крысой», которую выращивают в хороших условиях, у нее много игрушек, много места (на диване), есть подружки-крысы. Я была «бедной крысой», мне досталось тесное пространство без друзей и игрушек (под столом). Димочка был экспериментатором, по очереди «измерил» нам мозг при помощи сантиметра, градусника и пипетки.

У Мариши, богатой крысы, мозг оказался больше, чем у меня, бедной крысы.

Димочка сказал: «Чем богаче крыса, тем больше нейронных связей образуется в мозгу. Вывод эксперимента: я хочу быть богатой крысой». Мариша сказала: «Я буду играть деду. Если музыка помогает мозгу, то он быстрей заговорит».

Димочка ведь прав: чем богаче среда, чем больше впечатлений и опыта, тем больше образуется нейронных связей.

Димочка умный, а Мариша умная и добрая.

Мне удалось правильно повернуть тему личного богатства крысы к вечной родительской теме «надо трудиться»: чем больше Мариша играет на пианино, а Димочка в шахматы, тем лучше развивается их мозг.

Благодаря тебе дети заинтересовались нейробиологией. У тебя талант увлекательно объяснять сложные вещи простыми словами. А что, если... только не говори сразу же, что это ерунда — что, если тебе написать книгу для всех? Раньше это называлось научно-популярная литература.

По-моему, это очень нужно людям.

А что, если написать для детей?!

Передай привет Кате. Как же я рада, что вы начали жить вместе! И может быть, скоро — не сердись, я сто раз добавлю «возможно, вероятно, не исключено» — ты женишься! И у тебя будет все, как у меня: семья, дети, счастье.

Обнимаю тебя крепко.

Твоя Эмма.

14 апреля

Сегодня у нас с Глебом была ссора, первая в жизни. Нет, все-таки не ссора, а просто небольшое непонимание. Сейчас Глеб спит, а я не могу заснуть. Напишу тебе кратко обо всем, и ты скажи честно: может быть, я не права?

Беата пригласила нас с Глебом в ресторан познакомиться с ее мужем и... даже не знаю, как назвать. Они всюду бывают втроем, Беата с Родионом и этот ее Дядя Бэ. У меня была проблема — что надеть. Мы нечасто бываем в дорогих ресторанах; если точнее, то последний раз я была в дорогом ресторане на собственной свадьбе. По сравнению с Беатой я была одета в стиле «честная бедность», но мама дала мне свои украшения, так что ничего.

Родион сказал: «Беата в восемнадцать лет осталась без матери, с одним отцом. Друзья детства для нее очень важны. Вы друзья детства Беаты, значит, теперь и мои лучшие друзья». Беата почему-то представила нас с Глебом как друзей детства. Она ведь так давно уехала из Витебска, а ей хочется, чтобы кто-то был ее друзьями детства. Но ведь она сказала маме, когда приходила за брошкой, что отец их бросил и уехал во Францию, вот же врушка!

Беата все время выбегала из-за стола, звала меня «попудрить носики» и быстро рассказывала мне над раковиной в туалете то, что я совсем не стремилась услышать. Мне пришлось узнать «шокирующие подробности», и тебе тоже придется. Прости за эту, совершенно ненужную тебе информацию, но иначе ты не сможешь сказать мне, права я или нет, а мне очень нужен твой совет. Но я постараюсь конспективно пересказать тебе то, что рассказывала мне Беата в туалетной комнате.

Вкратце у Беаты так. Родион работает у Дяди Бэ (сокращенно от Благодетель), а Беата с ним спит.

Родион ее обожает, она любит Родиона.

— Хочешь спросить, зачем я сплю с Дядей Бэ, если люблю Родиона? — Беата сделала невинное лицо. — Из-за денег.

Мы посмеялись, я спросила: «Но все-таки как же Родион?» Родион очень симпатичный и обаятельный, похож на сенбернара. Напомнил мне ту Эмму, которой я была десять лет назад: полная уверенность в завтрашнем дне, чувство, что жизнь устроена наперед и все это никогда не изменится, потому что иначе не может быть. Он смотрит на Беату, как большая верная собака, и видно, что он счастлив даже просто сидеть с ней рядом. Я немного позавидовала: Глеб никогда не показывает свои чувства на людях.

— А что Родион? Я его люблю. Избалованный генеральский сынок, вырос чуть ли не с личным вертолетом. Есть славное семейное прошлое, привычка жить хорошо, но нет денег. Мне нужно его пристроить.

Беата удивительно открытая, не постеснялась рассказать то, о чем люди обычно молчат: отец-генерал отказался поддерживать Родиона, после того как тот то ли проиграл, то ли неудачно вложил большие деньги. Отцу пришлось выкупать его у бандитов, после чего генерал по-военному четко сказал: «Все, теперь живи сам».

— Родион расстроен, говорит, что я оказалась в бедности похуже, чем в детстве, — засмеялась Беата. — Но мне наплевать, я сама все устрою. Я помогаю Родиону зарабатывать деньги, занять место в жизни. Он один, без меня, ничего не сделает, будет сидеть в нищете и вспоминать, как его на вертолете с дачи в школу возили. А со мной он стал ближе к Дяде Бэ, может занять второе место в фирме, а потом даже получать долю от прибыли. Все, что я делаю, я делаю для него... ну, и для себя. ...Родион меня убьет, если узнает!.. Нет, меня он не тронет, он убьет Дядю Бэ. Но он не узнает. Он мне верит. Думает, что это платонические отношения, что Дядя Бэ просто восхищается моей красотой и сообразительностью. Но это почти правда! Он же старик, ему пятьдесят шесть лет, у него пивной живот, кашель курильщика, грыжи в позвоночнике, простатит. У нас и секса почти нет... раз в неделю, не чаще. Родион не узнает, а если узнает, я всегда его уговорю, объясню, что ему привиделось, приснилось. Он поверит.

У них нет постоянного дохода, но есть проекты: агентство по подбору домашнего персонала «Беата» и издательский дом «Беата». Агентство пока ничего не зарабатывает: практически она порекомендовала двум приятельницам девушек для уборки. Издательский дом выпустил один номер журнала «Бизнес-леди» с Беатой на обложке, и уже есть деньги на следующий номер, но каждый раз деньги приходится «выжимать из Дяди Бэ».

Я спросила: но как же брошка, и эта дорогая одежда, джип Родиона, ее джип, откуда все это?

Ты, конечно, понимаешь, что ответила Беата. Звонил ей тогда по сотовому телефону не Родион, а Дядя Бэ. «Бант Севинье» купил Дядя Бэ, и все драгоценности, которые она называет «вклад в мое будущее», покупает он. На мой вопрос, чем занимается Дядя Бэ, Беата отмахнулась: «У него огромная фирма по страхованию, медицинскому и всякому другому, точно не знаю».

На вопрос, чем занимается Родион — это важно! — Беата толком не ответила, опять отмахнулась: «Всем... Решает вопросы. Помогает во всем. Сидит с ним рядом на переговорах. Ездит, куда надо. Дядя Бэ ему отстегивает, сколько не жалко».

— Но если человек работает, ему не «отстегивают», он получает зарплату.

— Где, в ПТУ? В твоем ПТУ так, а в этом мире не так: нет у него никакой зарплаты. Дядя Бэ как бы платит содержание, которое можно отобрать... или, наоборот, вдруг даст большую сумму, кинет десять тысяч долларов или двадцать... но может вообще не дать. Ты думаешь, если у Родиона джип, у меня джип, то у нас все отлично? Ага, как же. Есть джип, но нет денег на бензин. Знаешь, как трудно жить, притворяясь, что ты богатый?

Я спросила, для чего ей жить так, будто она богатая?

— Ха. Ты смешная. Чтобы тебя воспринимали всерьез. Чтобы иметь перспективы. Каждую минуту всякое может случиться: предложат спонсировать твои проекты, пригласят в какой-то бизнес... Никто не захочет иметь с тобой дела, если у тебя что-то не так... Да в конце концов, чтобы ты сам чувствовал себя человеком.

А на вопрос, не лучше ли ей было бы просто работать, а не ждать спонсоров, Беата ответила: «Ну да, работать, сеять разумное-доброе-вечное в ПТУ». Беата, и правда, человек из другого мира: в моем мире есть работа, а в ее мире проекты.

Смотри, это настоящая ярмарка тщеславия! Моя зарплата в училище 200 долларов, и Глеб нормально зарабатывает, в хороший месяц бывает долларов 700–800, и нам на все хватает. А Родиону «кидают» 10 или 20 тысяч долларов (это огромные деньги, даже по американским меркам, правда?), у него есть джип, но нет денег на бензин. Ярмарка тщеславия, классика жанра.

За столом Беата царила. Она вроде бы скромно себя ведет, нельзя сказать, что все время звучит ее голос, она дает мужчинам возможность блеснуть, все эмоции обоих ее мужчин адресованы ей. Она принимает любовь Родиона, поддразнивает Дядю

Бэ: то не обращает на него внимания, то застенчиво улыбнется, то фыркнет, то влюбленно посмотрит на Родиона, а Дядя Бэ злится.

Я не описала Дядю Бэ, но для тебя это совсем неважно: представь себе любого толстого лысого дядьку с красным лицом, и это будет Дядя Бэ.

Беата рассказала парочку анекдотов с ненормативной лексикой и таким невинным голосом произнесла матерные слова, что Глеб от неожиданности вздрогнул. Родион и Дядя Бэ смотрят на нее восхищенно, и это заразило Глеба, он будто стал за ними в очередь и попытался ее завоевать. Глеб большой мастер насмешить, а у Беаты в ответ на его анекдоты глаза блестят и неожиданно громкий смех, как будто она изо всех сил старалась сдержаться, но не может... Честно говоря, это очень сексуально и действует на мужчин.

На замечание Родиона: «Кажется, я не видел у тебя эту брошку?» — Беата ответила: «Эмма дала поносить, дорогой!»

В конце вечера Беата опять вызвала меня в туалетную комнату.

— Он предложил мне выйти за него замуж. Как кто?! Дядя Бэ, кто же еще. Не Родион же, я уже за ним замужем. Сначала я подумала — да! У него же миллионы. Потом я подумала — нет. Сегодняшняя ситуация для меня лучше. Сейчас Дядя Бэ считает, что отбил у Родиона жену, что я его люблю и тайно изменяю мужу. Это его держит в тонусе. Он же старый, ему это лестно, что я вроде как обманываю Родиона, который на двадцать пять лет его моложе. А если он на мне женится, то я уже буду кто? Я буду жена, и он станет смотреть по сторонам, чтобы изменить мне. А с кем изменить всегда найдется. Мне, между прочим, почти тридцать, племя молодое незнакомое подпирает. Так что пусть пока добивается меня, а там посмотрим... Может, кто-то другой найдется. Я всегда хочу больше, и у меня будет больше. Любовь — это переменная величина, а деньги — константа.

Знаешь, я ее нисколько не осуждаю. Может быть, кто-то скажет, что для нее важны только деньги, что она безнравственная, раз сидит за столом с мужем и любовником. Но разве мне лично это мешает?

С моей стороны было бы нечестно осуждать Беату, я ведь сама такая же: я бы хотела преподавать литературу в университете или школе, но работаю в училище, потому что там зарплата больше. Получается, что у меня те же мотивы, что у Беаты: ради денег делаю то, чего не хочу. Ты скажешь, что я —

конкретно для детей, английского, дополнительных занятий музыкой... Но у Беаты нет детей, у нее другие ценности — она сама.

И она так невероятно обаятельна в этой своей детской жажде всего. Она как мой Димочка, — вот он хочет, и все! И ни за что не перехочет. Мариша более разумная, уже привыкла себя ограничивать, уступать Димочке и веселить Глеба, она присматривается к Глебу, какое у него настроение, и, если плохое, как часто бывает из-за усталости, приласкается, растормошит. Люблю своих детей больше всего на свете.

Может, ты думаешь, что я сошла с ума — так подробно описываю чужую, неинтересную тебе жизнь? Сейчас ты поймешь, какое это имеет ко мне отношение. Дядя Бэ предложил Глебу работать на него.

Оказывается, Глеб очень понравился Дяде Бэ, ему нужен «молодой, талантливый, перспективный», и главное, чтобы был свой, преданный человек. Он сказал: «Если Беата за тебя ручается, то милости просим». Беата поручилась.

Глеб так и сказал: «работать на него». Не «в его фирме», не «у него», а «на него»! Я задала вопрос, какую должность ему предложили, и Глеб вместо ответа накричал на меня:

— Ты что, дура?! Ты вообще ничего не понимаешь?! Какая должность! Ты живешь в прошлом веке! Я же сказал — работать на него!

Но мне кажется, что это он не понимает! Да, Глеб, кандидат наук, гонял машины, а теперь вынужден заниматься продажей стройматериалов, — это плохо. Да, у него каждый месяц что-то случается (я не хотела тебе об этом говорить, но, чтобы дать совет, нужно представлять все обстоятельства): каждый месяц то недостача, то недопоставка, недо... недо...! Это очень маленькое дело с маленькими доходами. Но это его дело, в котором он хозяин, а тут у него будет Хозяин. Разве мы хотим попасть в такую ситуацию, как этот милый Родион, когда зарплата зависит от настроения Хозяина? Когда жизнь всей семьи зависит от настроения Хозяина? Почему этому Дяде Бэ нужен «свой человек»? Зачем ему брать Глеба в бизнес? Такая смесь личных отношений и рабочих — это даже не капитализм, это рабовладение! Я спросила Глеба, неужели он хочет этого.

Глеб сказал:

— Да. Я мужчина. Хочу, чтобы у меня была перспектива, а не мышиная возня. Мне впервые повезло, впервые выпал какой-то шанс. Он предложил взять меня в бизнес. Такая жена, как Беата, тянет вверх, а ты волочешь по земле. Беата хочет нам помочь, а ты просто клуша!..

Ну вот, дорогой Давид, теперь ты понимаешь, зачем я так подробно пересказала тебе ситуацию Беаты: хотела объяснить, почему я против того, чтобы Глеб принял это предложение.

Затем Глеб добавил:

— А ты видела, какое у Беаты платье? Почему ты была в каком-то старье? Ты вообще не заглядываешь в модные журналы, ты же красивая женщина, а так плохо одеваешься. Беата сказала, что я в безнадежном застое, а у тебя в твои тридцать лет все уже как будто в прошлом, как у женщины, о которой говорят: «Когда-то она была очаровательна». Не хочу, чтобы про тебя говорили «когда-то»! Живешь как в детской книжке, как будто ты в зеленых очках в Изумрудном городе. А я живу в реальном мире. Я хочу, чтобы у моей жены было все. Я — все только для тебя.

Я, конечно, постаралась не показать, как мне это обидно, у нас есть договоренность никогда не ложиться спать, не помирившись.

Ну что скажешь? Я права? Я все правильно понимаю?

Или не права? Я дура, клуша, живу в прошлом веке в зеленых очках?

Это гадость? Или шанс?

Напиши скорей, ладно? Если некогда, просто напиши «да» или «нет».

Заранее спасибо за ответ.

Обнимаю тебя.

Дура Эмма.

5 мая. О чем думала Эмма, сидя рядом с отцом и держа его за руку

Папа, я знаю, знаю, что ничего не было! Если бы было, я бы уже убила его и себя. Что, мне нельзя так говорить? Твоя девочка не может так говорить? Так чувствовать?.. Но, папа, как это могло случиться с нами? С Глебом? Со мной? Неужели мы — как все?! Я всегда думала, что у нас великая любовь, а мы — как все?

Ты ведь не будешь хуже к нему относиться, если я подумаю об этом рядом с тобой?

Хорошо, как скажешь, давай по порядку. Ты всегда учил меня рассуждать логически. Как будто это задача: что дано, что нужно сделать, потом решение и ответ. Дано: мой муж встречается с другой женщиной.

Глеб говорит, что они с Беатой обсуждают дела, что Беата помогает ему освоиться в фирме. Но, папа, ты будешь презирать меня, тебе даже не представить, что может делать твоя гордая девочка. Когда он приходит домой, а теперь он всегда приходит поздно, я подхожу к нему, чтобы поцеловать, я целую его, а на самом деле хочу узнать, не пахнет ли от него духами. Во мне, папа, поселился дракон и ест меня изнутри.

Конечно, на мой вопрос, что между ними, он отвечает «ничего». Как просто быть упрямым, нелогичным! Просто сказать «ничего». На вопрос, есть ли у него к Беате хоть какое-то чувство, он отвечает «конечно, она мне нравится». Дальше я долго и бессмысленно пытаю его, «что значит “нравится”, как женщина или как человек», мне стыдно за это занудство, но я ничего не могу с собой поделать. Он не понимает, что я хочу услышать. Я хочу услышать «ты единственная», но он не говорит.

Я спрашиваю, есть ли между ними сексуальные отношения, он отвечает «нет». Как же мы дошли до того, что вообще говорим об этом?! Папа, мне кажется, что я вдруг оказалась на другой планете, ведь за десять лет любви и доверия были невозможны даже такие мысли, не то что спросить, есть ли у него сексуальные отношения с другой женщиной!

Может быть, мне не надо было с ним говорить? Что не сказано, того как будто нет. Но ведь он мне лгал! Я не хотела, я не ловила его на лжи, но поймала... Записка, которую я нашла...

Я не искала, не обыскивала его карманы, мне бы и в голову не пришло, ты же знаешь, папа, никогда! Просто — все так просто! — я подняла с пола его джинсы, и из кармана выпала записка, я прочитала, чтобы узнать, выбросить или отдать ему, между нами никогда не было секретов... В записке было: «Вспомни, что ты мне говорил, и повтори вслух и про себя. Целую, Беата». Возможно, я полная дура, но я и тут ничего не заподозрила, просто удивилась. Отдала Глебу записку, он скомкал записку и сказал, что это записка секретарши со списком дел на завтра. Он солгал мне! Я могла бы промолчать, последить за ним, ну, что там еще делают жены... но я же доверяла ему, как будто мы один человек, мне даже в голову не пришло, что это что-то... ну, понимаешь, про измену. Я улыбнулась: «Там же написано “целую”». Глеб сказал: «Это секретарша шутит, она всем так пишет». Он солгал мне еще раз.

Я спросила: «Почему ты солгал, есть ли у тебя к Беате какие-то чувства, есть ли секс», он ответил: «Нет». Но откуда мне знать, что это правда? Почему он солгал?.. У него нет объяснения, у меня нет и у тебя тоже нет.

Папа, как стыдно говорить об этом. Я закричала: «Ты лжешь, это записка от Беаты!» Глеб сказал, что он встречается с ней «по делам», она помогает ему освоиться в фирме.

Знаешь, сколько раз он встречался с ней «по делам» за три недели, что работает в этой фирме? Он сказал мне: «Не знаю, тридцать, может быть, больше».

Тридцать! Тридцать встреч, о которых я не знала! Тридцать раз он не нашел времени сказать мне, что они виделись! Знаешь, сколько раз я сказала Глебу: «Беата во всем разбирается, а я нет, но почему ты мне не говорил, что вы встречались?!» Пошлость этого разговора — вот самое оскорбительное. Не для меня оскорбительное, а для нашей любви.

Вот смотри, папа, главное, отчего мне больно: я всегда думала, что у других бывают измены, сложные периоды брака, подъемы и спады, а у нас нет, наша любовь особенная, он — это я, а я — это он, на всю жизнь, как небо, как воздух. Ты понимаешь, папа? А оказалось, что мы — как все: «я ему прискучила», или «сейчас ему нужна другая женщина», или «все мужчины полигамны», или «всякое бывает». Я думала, что с нами такого не может быть... Ты скажешь, папа, — это ведь *ты* думала. Ты скажешь — какие глупости ты говоришь, моя умная девочка. Ты скажешь — так говорят себе все, ты как все. Ты скажешь — моя девочка идеалистка, перфекционистка, придумала себе идеальную любовь, моя бедная девочка.

Что ты говоришь, папа? Что ты любишь меня? Что только ты любишь меня так, что это твоя любовь ко мне — как небо, как воздух? Что все остальные могут выбросить меня на свалку, предать? Я люблю Глеба раз и навсегда, и я думала, что Глеб любит меня так же! Что ты говоришь, папа? Что ведь это *я* думала?.. А на самом деле мы не одно целое, а отдельные люди?

Но, папа! Ведь у нас не просто брак, как у всех. Если бы мы просто встретились, поженились... Я сбежала к нему в свадебном платье! Я была послушная девочка, я ни разу не ослушалась вас с мамой, сбежать в свадебном платье было для меня как мир перевернуть!

Пойми меня, пойми! Для меня это не «измена». Это как если бы у меня было что-то драгоценное, драгоценная чашка тонкого фарфора, на которую я дышать боюсь, и только любуюсь, а теперь ее выбросили, и все, нет ее больше, нет моей драгоценной чашки... Господи, какая пошлость этот мой вопрос «а у вас был секс?».

Может быть, мне нужно было молчать, папа? Молчать, хранить свою драгоценную чашку... А я сама нарушила волшебство. Но я думала, он скажет так, чтобы я поверила, что ничего не было, не могло быть.

Было или не было? Было или не было? Я каждую минуту задаю себе этот вопрос, привожу аргументы и каждый раз решаю по-разному. Понимаю: точно было. Или: точно не было.

Ну, хорошо, я буду рассуждать логически. Как может не быть секса между двумя молодыми красивыми людьми? Наверное, мне надо признать, что секс был, и как-то с этим жить.

Но, может быть, все-таки нет?

Ты спрашиваешь, почему я придаю такое большое значение сексу. Потому что это самая большая близость между людьми. Ты говоришь — может быть, для него это ничего не значило. Но я ведь знаю, каким он может быть нежным. Если он ее целовал, дотрагивался до нее... его нежность была — ей? И это, по-твоему, ничего не значит?.. Нет, нет! Не было, ничего не было!

А если да, то что? Не обижайся на меня, папа, но тогда я убью себя. Я мысленно беру нож и сильно чиркаю по листу бумаги, вниз-вверх, вниз-вверх. Прости меня, папа, но я говорю тебе правду. Ты спрашиваешь, как же ты будешь без меня? Я не знаю.

А если все-таки нет? Тогда еще больней. Ему хочется проводить с ней время, смеяться, разговаривать. О чем они разговаривают? Значит, ему с ней интересней, лучше, теплей, откровенней, милей, чем со мной? Что я могу сделать? Стать для него интересней? Я уже открыла ему всю себя, у меня больше ничего для него нет, если этого мало, значит, я не гожусь. Получается, папа, нет выхода: так невыносимо, а так еще хуже.

И знаешь что, папа? Самое ужасное, самое ужасное среди самого ужасного: я теперь не знаю, о чем он думает. Он смотрит на меня, а я не знаю, о чем он думает! Может, думает: «Ах, если бы со мной сейчас была Беата!», или «Как мне все надоело, и она, и ее дети», или «Завтра с ней разведусь».

Что ты говоришь, папа? Я веду себя как маленькая девочка? Но вот я такая, что поделаешь? Ты, наверное, догадался, что Глеб мой первый мужчина? Это совсем нетрудно, ты знаешь, что у меня никогда не было мальчиков. А ведь я красивая, я с первого класса знала, что красивая!..

А помнишь, как ты меня учил, когда я пошла в школу: «Эмма, говори громче... громче, еще громче! Ты все знаешь, но звучишь неуверенно». Помнишь, как ты тренировал меня, чтобы мой голос в конце предложения не опускался до шепота, как будто не хватает дыхания? Я научилась не шептать, но я все равно говорю тихим голосом. Глеб говорил мне, что ему очень нравится, что я похожа на маленькую девочку, со мной он чувствует себя защитником.

А я теперь его боюсь, как боялась в детстве всех, кроме вас с мамой. Я не знала, о чем думает чужой человек, и это было страшно. Знаешь, почему я боялась чужих и в общем-то до сих пор боюсь? Почему у меня нет подруг? Почему только Глеб? Почему я чувствую себя очень уязвимой? Потому что чужие люди — это не ты, папа.

Ты, папа, знаешь, что в этом есть и твоя вина... Нет, не вина, конечно, но причина: ты давал мне столько заботы, внимания, знаний, опеки, что я не хотела вырасти. Может быть, если бы я была взрослой, может быть, если бы Глеб не был моим первым и единственным мужчиной, может быть, я была бы сейчас сильной, а я слабая, папа... Беата сильная, а я слабая. Наверное, ему надоело чувствовать себя защитником, ему нужна другая женщина, которая сама дает мужчине силу. Мне бы надо быть такой, как Беата. Как все эти девушки, которые открывают сеть спортивных клубов, выпускают журналы, становятся кем-то значительным. Я сама виновата, — я скучная, ничего не могу ему дать, кроме себя самой, а я ему больше не нужна. Я скучная, а Беата блестящая.

Если это так, то меня надо выбросить? Папа, да? Неужели ты скажешь мне — не вой, как раздавленный щенок, пойди и открой сеть спортивных клубов?..

Нет, все-таки не может быть, чтобы у них был секс. Ничего, если я немного подумаю об этом?

Беата как-то сказала мне о своем отношении к сексу: «Это все хорошо, но не имеет значения. Чья-то часть тела, засунутая в меня, никогда не будет иметь никакого значения в моей жизни».

...Нет. Я все придумала, между ними ничего нет: Беате просто нужно, чтобы все вокруг нее крутились и чтобы ее Дядя Бэ это видел, ей нужно подстегнуть его, вызвать ревность. Прости, папа, что я рядом с тобой обо всем этом думаю.

Теперь я всех понимаю. Понимаю женщин, о которых мы читаем или слышим «она убила своего мужа из-за ревности». Я теперь понимаю, — не выдержала боли.

Я теперь вообще всех понимаю. Понимаю женщин, о которых я раньше презрительно думала «как можно простить измену» или «как она живет, зная, что у мужа есть любовница». Ну, просто уговариваешь себя «потерпи еще немного» и терпишь. Или подумаешь, что без него будет еще хуже, совсем невыносимо, и меньше боли лучше, чем больше боли.

А к Беате у меня нет плохих чувств, ни обиды нет, ни злости. Это ведь он предал все наше, а не она.

У меня в голове все время крутится одно слово — предательство. Он врал мне. Я не могу ему больше доверять. Прости, папа, что я хожу по кругу.

Но если я не могу верить ему, то кому я вообще могу верить? Никому, никому никогда, кто бы ни встретился мне в будущем. Это значит, что никакой близости не существует в принципе. Что ищешь любовь, а находишь обман. Всегда. И я абсолютно одинока, я одна в мире. Мир перестал быть простым и понятным, а я потеряла себя. Вот всего-то.

Кажется, я совсем помешалась. Как проснусь утром, сразу начинаю с того, на чем закончила, засыпая: был ли секс, что он чувствует, что она дала ему, чего не дала я?

А почему в его машине был чемодан Беаты?! Я не удержалась и невзначай спросила Беату (мне очень стыдно, папа, что приходится пускаться на такие хитрости), она сказала, что забыла чемодан, когда улетала в Париж с Дядей Бэ. Специально, чтобы оказаться в Париже в одном платье, чтобы он ей все купил.

Неужели Глеб не видит, какая она? Красивая, обаятельная, умная, но она же все время хитрит и врет! Мне так хочется рассказать Глебу, как на самом деле устроены отношения этих троих, как Беата выпрашивает у Дяди Бэ деньги и подарки. Как говорит ему: «Смотри, какая я умница, из одного твоего кармана тяну бриллианты, а из другого наличные!», а он смеется, ему нравится, что она такая веселая и циничная. А самое ужасное — она прячет деньги от мужа, называя это «мой личный фонд безопасности». Личный! Не для них обоих, а только для себя одной! По-моему, это еще хуже, чем изменять. Я так хочу рассказать все это Глебу, так хочу...

Но я не могу выдать Глебу ее секреты, это непорядочно, ведь она мне доверилась. Да и разве это отвратит Глеба от нее? Может быть, ему тоже нравятся веселые и циничные? Может быть, всем нравятся веселые и циничные?..

Беата рассказывала мне, как «приручать и обольщать». Своему Дяде Бэ она рассказала о какой-то страшной истории, которая произошла с ней в детстве: «Мужчины его типа любят испытывать жалость. Если он будет не только хотеть меня, но и жалеть, то прилипнет ко мне, как муха к липкой ленте. Кстати, мою душевную травму, из-за которой у меня проблемы в сексе, я могу преодолеть только с ним, а секс с мужем — это просто чтобы не обижать его... Ну как, ловко?.. Это как война, и нужно правильно выбрать оружие. Внешность — это необходимое условие, но недостаточное... Дяде Бэ можно рассказать про психотравму, а кому-то нужно почитать стихи, не Маяковского, конечно, а Ходасевича или Мандельштама, чтобы он понял, какая я тонкая натура... Разве мама любила такого, желто-серого, полуседого... Все лишь бредни, шерри-бренди, ангел мой».

Что она говорит Глебу? Читает стихи, вызывает жалость, смотрит восторженными глазами? Что, что?..

Но что же делать, что мне делать?..

А что, если не обращать внимания? Не думать о том, что он мне изменяет, не думать ни о чем, пусть только он будет со мной! Я ведь смогу любить его и не думать каждую минуту, что он был с другой? У нас семья, дети, хорошие отношения. Приучить себя, что, когда он со мной, есть только он и я.

Нет. Нет! Я так не смогу. Я могу быть с ним, только если я единственная.

Перебираю аргументы, спрашиваю себя: «да» или «нет», «да» или «нет»? А если «да», то что?

Папа?.. Хорошо, что ты не умеешь читать мои мысли.

Папа, я живу в аду.

5 мая

Дорогой Давид!

У нас все хорошо.

Папа почти без изменений. Массаж ему помогает, правая рука стала немного лучше, левая так себе. Речь лучше не становится. Врач говорит, что если в первые несколько месяцев речь не восстановилась, то прогноз неважный. Иногда папу приходят навестить бывшие аспиранты или коллеги с кафедры, это всегда очень болезненно для папы и для меня, потому что они не могут скрыть ужас.

Отводят меня в сторону и спрашивают: «Он нас понимает?» Я объясняю, что он все понимает, может читать, не может только внятно выражать свои мысли, но их пугают эти звуки. Им кажется, что если отсутствует речь, то интеллект пострадал. Во второй раз никто не приходит.

Ну а мы будем надеяться, правда? Ты ведь сам сказал, что способность мозга заменять поврежденные связи на новые зависит от количества связей, то есть от уровня интеллекта до болезни, и от образования. В случае папы это дает нам надежду.

Глеб очень доволен новой работой. У него теперь новая машина. Но главное, что Глебу интересно, и он видит перспективы. Он ведь очень способный и, если бы жизнь осталась прежней, мог бы стать доктором филологических наук, занять пост завкафедрой. Так должно было быть, а вместо этого вышло — семья, и надо было зарабатывать на содержание семьи. Я очень рада, что ему интересно, и перспективы, и у нас впереди новая жизнь.

Обнимаю вас обоих, тебя и Катю.

Эмма.

21 сентября. О чем думал Игорь Сергеевич, став невольным свидетелем ссоры Эммы с Глебом

Эмма в принципе знала, что чувства могут выйти из-под контроля, — у других, но у нее никогда. Можно сказать, что этого она от себя не ожидала. Есть люди, которые всегда от себя *ожидают* и, перед тем как сорваться, вспоминают, что их не должны услышать дети или старые родители, прикрывают двери — и затем оправдывают свои ожидания.

А Эмма не предполагала, что в состоянии даже просто повысить голос, иначе обязательно прикрыла бы дверь, когда Глеб заглянул на кухню со словами «я пошел, пока».

На плите уже булькала овсянка для отца, и Эмма обдумывала субботний завтрак: детям гренки,

Глебу омлет с помидорами, а маме она потом отнесет кофе с бутербродом.

— Ты пошел, пока? Как пока, почему пока, а завтрак?.. Сегодня же суббота, — сказала Эмма, как всегда, мирно и доброжелательно. И вдруг закричала: — Как пока?! Почему пока?! Я больше не могу слышать это твое «пока»!

Глеб удивился ее крику, а Эмма удивилась тому, что ее давно не прекращающееся внутреннее кипение вдруг выплеснулось наружу стыдным криком и перекошенным лицом, и пропустила звук, на который она обычно бросалась, как на крик младенца, — не услышала, как отец в коридоре зашаркал-застучал палкой.

— У тебя дела?! У тебя дела с Беатой? Беата, почему опять Беата?! А я?! А дети? Ты нам тоже нужен... Нет, я не ору, не ору, я стараюсь не орать! Я только и делаю, что стараюсь! Я стараюсь быть прежней, оживить все наше. Глажу тебя по голове, называю тебя нашими ласковыми словами... пытаюсь поговорить с тобой о нашем прошлом, напомнить тебе обо всем нашем! Думаешь, я не замечаю, что, когда я говорю «а помнишь», у тебя каменеет лицо? Думаешь, я не понимаю, что это значит?

— Что?

— Что ты меня больше не любишь! Ты не любишь меня так, как раньше!

— О, да, это самое страшное обвинение: как раньше.

— Да, это самое страшное. Да... нет, не уходи! Давай поговорим, пожалуйста... я не буду злиться, я просто хочу знать. Я только хочу узнать, и все! Я хочу знать правду. Просто хочу знать — «да» или «нет».

— Что ты хочешь узнать?

— Ты знаешь, о чем я... Хорошо, я скажу это вот так просто, скажу... Ты мне изменяешь? Вот я выговорила то, что невозможно было произнести. Этого слова между нами не могло быть. А я сказала. Я спрашиваю тебя прямо: ты изменяешь мне с Беатой?.. Не молчи. Не молчи! Я каждое утро просыпаюсь и начинаю думать с того места, на котором заснула: «да» или «нет», «да» или «нет»? Говорю себе: измена невозможна, наша любовь... ну вот это все... А потом понимаю, что измена была и есть, привожу себе аргументы... Скажи мне правду, пожалуйста, ну хотя бы это я заслужила — знать правду?..

— Какие аргументы?

— Ну, смотри... Ты восхищался Беатой. Ты только о ней и говорил. Я видела, пока мы еще встречались все вместе, — тебе нравится с ней разговаривать, она кажется тебе остроумной... Да, так и есть, она прекрасная, но я... рядом с ней ты не видел меня. А потом эта записка, ты не сказал, от кого она, ты солгал. Противно все это говорить, как будто я в суде перечисляю список претензий, но... ты же сам спросил, я отвечаю... Скажи, разве всего этого мало, чтобы...

— Этого мало. У тебя неубедительная информация, которую ты же сама придумала. Ничего этого нет. Как нет? Да вот так и нет. Ты делаешь выводы на основе неправильной информации и свои неправильные выводы считаешь фактами.

— Ты изменился. Ты больше не говоришь мне «я тебя люблю». А раньше ты всегда говорил! А теперь нет. Это что, так совпало?.. У тебя постоянные перепады настроения. Ты часто раздражался, но я понимала, что это не на меня, ты просто устаешь, раньше я была ни при чем, а сейчас я тебя раздражаю. Я для тебя не важна. Раньше ты рассказывал мне, как прошел день, а теперь нет. Ты постоянно куда-то уходишь. У тебя совсем нет времени на меня. Ты меня разлюбил или у тебя неприятности и ты от меня скрываешь?

— Зачем тебе нужно все контролировать?

— Мне не нужно все контролировать. Мне нужно знать, что ты меня любишь. Потому что если нет, то я... ну, тогда я... Глеб, я не знаю, что тогда я... Но скажи, разве ты не заметил, что у нас целый месяц ничего не было, мы целый месяц не... Разве у нас когда-нибудь так бывало?..

— Ну, уж это точно из-за тебя. Это ты не хочешь.

— Я не хочу?! Я не «не хочу», а не могу! Я не могу, если не чувствую, что ты меня любишь. Для меня это уже не наша любовь, а просто секс, а просто секс мне не нужен. Мой мир рухнул... Я всегда думала, что ты не можешь меня разлюбить.

— Конечно, не могу, ну хватит уже, — вяло отозвался Глеб и вдруг рассердился, повысил голос: — Знаешь, мне тоже есть что тебе сказать. А может быть, ты сама во всем виновата? Может, я не гожусь на ту роль, которую ты мне придумала? Ты выглядишь как жертва, а на самом деле ты меня используешь! Да, используешь для своих целей — чтобы у тебя была великая любовь. И хватит уже вот этого «ты меня любишь, ты меня не любишь». У тебя не ревность, а самый настоящий невроз.

— У меня невроз?! Невроз?.. Да, наверное, у меня невроз. Если честно, я просто схожу с ума. Вот ты сейчас уйдешь, а я могу залезть в твои бумаги, в твои карманы, осмотреть твою одежду... Прости, но я так и делаю каждый день. И телефон твой смотрю, ты засыпаешь, а я думаю — сейчас посмотрю твои сообщения, нет, не буду, тихонечко встаю и смотрю. Это меня измучило, но я ничего не могу с собой поделать. Ты лучше не приноси домой телефон.

— Ты за мной шпионишь? Какие улики ты хочешь найти, сыщик?

— О господи, не знаю... Что-то, что даст мне ответ — да или нет.

— Ты окончательно съехала с катушек. Тебе нужно лечиться.

— Да, точно, мне нужно лечиться. Ты уходишь, а я представляю, как ты выходишь из дома, садишься в машину, едешь... и где-то на перекрестке тебя ждет Беата. Она садится к тебе, вы едете в гостиницу... Я представляю во всех подробностях, что происходит дальше, и меня тут же начинает тошнить. И тогда я должна сразу же узнать, где ты. Я звоню тебе под каким-то предлогом, слышу твой голос и успокаиваюсь: значит, ты сейчас не с ней. Я успокаиваюсь. На время. Думаю: «Вот дура, все придумала». Через час думаю: «Вот дура, не хочешь признать, что это правда».

— Сходи к врачу, тебе выпишут лекарство. Не бойся, я ей не нужен. Ей нужен миллионер для жизни и много мужчин для тонуса. Ей знаешь, что нужно? Чтобы мужчина сказал ей: «Я тебя люблю».

Она охотник за черепами. Как только сказал «я тебя люблю» — все, дальше ей не интересно, череп повесила на пояс и вперед к новым победам. Комплексы, что ли? Это ведь ты у нас идеальная девочка, а у всех остальных комплексы и прыщи...

— Можно я спрошу в последний раз?.. Конечно, мне бы хотелось, чтобы ты восхищался только мной, но я понимаю, что это детский эгоизм: я не должна обижаться, если Беата кажется тебе красивой. Она красивая, остроумная и притягивает к себе мужчин, как магнит. Я просто должна знать. У вас с Беатой что-то было? Да или нет?..

— Нет.

— Нет?.. Ты меня любишь?! — беспомощно вскрикнула Эмма.

На этих словах отец повернулся, держась за стену, и зашаркал по коридору, стараясь не стучать палкой. У него, как сказал бы его чужой сын Давид, вследствие нового опыта образовывались новые нейронные связи. Эмма читала отцу письма Давида, в которых он писал ей в утешение: мозг хранит в себе огромный ресурс, нейронные сети могут меняться в течение жизни, и даже после инсульта нейроны способны вырастить дендриты, отростки нервных клеток, передающие импульсы от нейрона к нейрону, для компенсации потерянных связей. Отец думал: «Если бы я мог сказать ей. На меня когда-то тоже так кричали. Я так же молчал, считая “какая же глупость и пошлость — вот так требовать любви”. Но я ведь не знал, что чем больней человеку, тем более глупым и пошлым он выглядит. Теперь знаю, что умна только ложь, а настоящая боль выглядит глупой и пошлой. Знаю, как точно передают страдание пошлые слова “сердце мое за нее обливается кровью”. Неужели ему жалко этих глупых, ничего не значащих слов “я тебя люблю”?.. Если бы я мог сказать ему, попросить...»

...Мозг профессора очень старался, но быстро уставал. У профессора, как говорил лечащий врач, были «ментальные затруднения», раньше он думал быстро и мыслей было много, а теперь часто бывало так, что только одна мысль, и он ее думал старательно и медленно.

Сейчас он думал: «Если бы я знал, что это так больно, я бы...» На этом мысль приостановилась и запуталась: что бы он — в свое время вел бы себя иначе? Или сейчас сказал бы Эмме, что страдание бессильно выразить себя, что Глеб считает ее боль тоскливым беспомощным нытьем, и пусть она прекратит это свое рвущееся из сердца «как же так, мы с тобой, ты и я»? Но как сказать? Если никто тебя не понимает, как сказать?..

И вот уже осталась одна-единственная мысль, пошла пунктиром, расталкивая другие мысли, и вскоре заполонила все: «Моя бедная девочка, бедная моя девочка...»

... — Конечно люблю, — сказал Глеб.

— Нет, скажи не так. Ты говоришь, как будто отмахиваешься. Скажи, как раньше.

— Я тебя люблю.

— Нет. Это звучит, как будто ты мне уступаешь, а раньше ты говорил...

— Я тебя люблю... Так нормально?

21 сентября — 23 октября

Дорогой Давид!

Я так долго тебе не писала. Не могла писать, что у нас все хорошо. Все это время я думала, что у Глеба роман с Беатой. Не буду вдаваться в неприятные подробности, я же всегда хочу выставить себя в приличном свете...

Сегодня я вдруг, неожиданно для себя, превратилась в фурию, как будто упала в лужу самого унизительного бабского отчаяния, с этими своими обвинениями — ты, ты, ты... Сегодня утром мы с ним поговорили откровенно, Глеб дал мне понять, что может быть откровенным только со мной, что мы по-прежнему самые близкие люди. И главное, он твердо сказал: «Нет, ничего не было». Конечно, я ему верю: я хорошо знаю все его выражения лица, тон голоса: он так сказал, что это не может быть неправдой.

Но знаешь, мне это хороший урок. Я поняла, что я ужасная эгоистка. Все это время думала: «Мой мир рухнул». Но ведь это был мой мир.

Я говорила себе: «Я не думала, я не знала, не представляла...» Я, я, я!.. А Глеб со мной — не одно, мы отдельные люди. Я помню, как Димочка плакал, когда я выходила из комнаты. Ему нужно было меня присвоить и не отпускать, он думал, что не сможет выжить без меня. Я вела себя с Глебом как младенец: возмущалась, что моя собственность вдруг повела себя иначе, чем я рассчитывала. Как будто Глеб — взбунтовавшийся диван...

В общем, я поняла — мне пора повзрослеть. Снять зеленые очки, посмотреть без очков на Изумрудный город. И понять — другой человек тоже что-то чувствует, не только я. И если ему вдруг стал интересен кто-то, кроме меня, это не обязательно любовь, предательство, вот это все. Но, знаешь, если бы я поняла, что у них действительно был роман, я бы, вот честно, не пережила.

Но сейчас все плохое позади, я очень счастлива!

...Давид, какой ужас! Позвонила Беата. Только что застрелили Дядю Бэ, владельца фирмы, в которой работает Глеб. Застрелили в машине на мосту Лейтенанта Шмидта. Заказные убийства стали у нас обыденностью, только вчера по телевизору показали взорванную машину какого-то предпринимателя, у которого, как у Дяди Бэ, страховая компания.

Беата так плакала! Кричала: «Он умер, умер!» Я, честно говоря, немного удивилась: не думала, что она может так переживать из-за Дяди Бэ и что она все-таки его любила. Она только говорит ужасные вещи, как будто она кукла Барби и внутри нее зашиты деньги. На самом деле швы все время распарываются, и из нее показывается человеческое. Беата гораздо лучше, чем ее слова и поступки.

Я предложила: «Приезжай скорей, поплачем вместе, тебе сейчас нельзя быть одной».

А она прокричала: «Ты не понимаешь, он умер! Я могла бы остаться вдовой! И тогда все — дом, огромная квартира, деньги, все было бы моим, мне бы никогда не пришлось думать о куске хлеба, я могла бы стать свободной и счастливой! Ну почему, почему я такая невезучая?! Какой шанс упущен!»

Потом перестала плакать и уже спокойно сказала: «А как же я? Что теперь будет с моим издательским домом?»

Очень жалко Дядю Бэ. Я совсем его не знала, видела только раз, но слышала от Глеба, что у него есть дети и внуки. Как это ужасно для них! Стыдно, что в такую минуту я продолжаю думать о Глебе и что я очень счастлива.

Ну, привет, американский профессор! Я увидела это письмо Эммы к тебе, хотела сразу дописать, но было не до того. Эмма была в очень плохом состоянии, как будто в ступоре.

Сначала у нее был взрыв, она кричала мне: «Зачем ты пришла и забрала у меня единственное, что у меня было?!» А теперь не узнает меня, вообще не понимает, кто я.

Я думаю, что она сошла с ума: ходит по дому, поет, поливает цветы, играет с детьми, сидит с отцом. Улыбается, но смотрит как-то вбок. Вот что с ней делать, не сдавать же ее в больничку. В доме бардак, дети бегают, отец не в себе, мамаша лежит и требует кофе в постель, как будто она тут главное действующее лицо. А вчера поманила меня пальцем: «Трое детей — это п...ц». Я: «Вы не обсчитались? Тут только двое», а она говорит: «Эта дура беременна. Двенадцать недель. Я вижу».

Эмма ей ничего не говорила, она ни с кем кроме детей не разговаривает. Но мамаша как-то по-своему видит, она, наверное, хороший врач. Если она не уговорит Эмму срочно сделать аборт, то все, конец котенку. Эмма, по-моему, ничего не соображает. Ляжет в кровать, засунет голову под подушку и лежит, утром вхожу — так и спала головой под подушкой.

Нет, я, конечно, понимаю, у нее психологическая травма. Мы же все только вечером узнали, что Глеб был в машине. Почему-то о нем сразу не сообщили. Типа Дядя Бэ — главная жертва, а это так, неизвестно кто и неинтересно. Эмма по телевизору в новостях увидела Глеба. Он был весь в крови на заднем сиденье машины. Ужас, конечно: как будто менты не могли сразу разглядеть, что там два трупа. Бардак.

Никто не знает, почему Глеб оказался в машине, это была случайность или Дядя Бэ взял его с собой на встречу. Я вообще не понимаю, зачем он его держал. Глеб с работой не справлялся, вел себя самонадеянно. Дядя Бэ называл его «мой козлик». Я думаю, что «козлик» — это не ласковое прозвище, Дяде Бэ нужен был козел отпущения. Может, он хотел его как-то подставить? А вышло не совсем так: сам погиб и угробил этого тщеславного идиота, которого только Эмма считала кладезем всех добродетелей.

Я прожила в этом дурдоме месяц. Мне уже надо уезжать. Я наняла тетку, чтобы она присматривала за всеми сумасшедшими разом.

У мамаши крыша уехала полностью: сегодня встала в позу, пальцем на дверь показывает и орет: «На аборт!» Потом говорит Эмме: «Это моя единственная жизнь, я уйду от тебя к любовнику». Вот тебе, бабушка, и Юрьев день, профессорская семья и все такое.

А Эмма таким тихим сумасшедшим голоском: «Он обещал мне вечную любовь. Теперь я одна буду любить за нас обоих». Дура.

Потом огляделась, как будто только что поняла, что у нее мужа убили, и говорит: «Вот это облом. Дети. Папа. На что мы будем жить?..» Ну, это уже лучше, пришла в себя.

Слушай, я насчет того, на что им жить. Я положила Эмме под подушку брошку. Это их брошка, дорогая, я ее у мамаши купила за три тысячи баксов. Решила, так уж и быть, отдам, раз такое дело. И что ты думаешь: Эмма легла, голову накрыла подушкой, о брошку поцарапалась, взяла брошку и бросила на пол, и опять голову под подушку. Так что это была с моей стороны напрасная жертва. Я брошку подняла и спрятала в шкафу на полке с постельным бельем, имей в виду.

Ты подумай, у нас у обеих крах: у меня крах планов, у нее крах жизни.

Тетка оплачена до конца следующего месяца.

Беата.

ПРОШЛО ДВА ГОДА

Алена Сергеевна, Конец главы

Она думает, я дура. Ну как я могу быть дурой, я же врач! Я хороший врач.

Моя беда в том, что я не умею выражать свои мысли. Мне в школе подружки говорили: «Ты скажешь, как в лужу пернешь». А муж говорил: «Тебе кажется, что весь мир лежит перед тобой в гинекологическом кресле, раскинув ноги». Я иногда скучаю по нему, по тому, каким он был раньше, а по тому, каким стал после инсульта, не скучаю. Еще моя беда в том, что я так сильно за всех переживаю, что эмоции меня захлестывают.

Она молчит, но я-то знаю свою дочь, она считает, что я предала ее отца. Тут я вот что скажу: не ей судить. Никто не может знать о чужой жизни, тем более такой, как она, ангел безголовый. Я один раз сказала: «Не тебе меня осуждать, ты свою жизнь выкинула в помойку, с двумя детьми у тебя еще был шанс, а ты родила третьего ребенка от убитого мужа». А она: «Разве было бы лучше, если бы у нас не было Гриши?» Намекала, что я гнала ее на аборт.

Господи, какие все умные! Я что, не люблю Гришу?! Я очень люблю Гришу. Он чудесный ребенок, похож на меня. Аборт?! Да я бы и слова такого не произнесла! Я рекомендую прерывание беременности только по медицинским показаниям.

Я же говорю, я не умею выражать свои мысли: я хотела сказать, что переживаю за нее. Ночью просыпаюсь и думаю — а что, если уже все, она никогда не выйдет замуж? Будет всю жизнь одна? Она уже сейчас выглядит на свой возраст, ни годом моложе: такое измученное лицо, как у всех блондинок с тонкой кожей. Придумала себе великую любовь, что они с Глебом были как Ромео и Джульетта, Тристан и Изольда... Тьфу! Говорит: «Мама, у меня все хорошо, ты не переживай, живи счастливо, а меня оставь в покое». Да я бы жизнь за нее отдала, чтобы у нее все было хорошо!

Жизнь отдам, а в покое не оставлю. Не могу, очень за нее переживаю. ...Вот черт, опять споткнулась об эти чертовы-чертовы коробки! Весь дом заставлен коробками, когда она уже их вывезет! Это же надо было придумать такой идиотизм! Теперь пройти невозможно. Я рада, конечно, что их высочество воспрянула духом и высказала желание что-то сделать, но откуда у нее деньги на этот ее идиотизм? Другое дело, если бы она приняла наследство: прими наследство и делай, что хочешь! Господи, это же надо было прохлопать: огромная квартира в центре, дом в Комарово, «мерседес»... деньги! Жила бы сейчас как кум королю.

...Это я ей никогда не смогу простить. Историю с наследством. Вот Беата, та своего бы не упустила, и правильно. ...Кто бы мог подумать, что все так обернется: Беата — светская львица в Москве, книжку «Как правильно выйти замуж» написала, во всех витринах ее книжка с портретом... Выглядит прекрасно, еще лучше стала, прямо вся сияет.

Книжку ее я прочитала, там просто: все, кто не ездит, как она, на «бентли», — неудачницы, она их презирает. У нее есть «бентли», дом на Рублевке, сумочки «Гермес», колечки «Шопард» (Эмма и слов-то таких не знает), она ест устрицы и фуа-гра, летает в Куршевель, то на яхте прокатится, то одежды накупит в бутике за один раз на десять тысяч евро. А остальные, у кого всего этого нет, —

быдло. Если не хотят быть быдлом, пусть делают, как она.

Я ее видела по телевизору. Выступала на ток-шоу. К ней как к эксперту обращались: как вы думаете, дает ли роскошь счастье, — яхта, дом на Рублевке, вилла в Антибе. А она: «Ну не знаю, я предпочитаю "бентли" для романтической поездки, а "майбах" для обычной езды по городу». И еще сказала, что, прежде всего, нужна порода. Вот врунья, так сжилась со своим враньем, что сама уверена, что она польская дворянка. Тоже мне, Беата Маврикиевна... Почему Маврикиевна?.. Не знаю, это я так. Если бы я сейчас была молодой, я бы выучила ее книжку наизусть — и в Москву!

Ну, что сказать: молодец. Смотрит своими зелеными глазищами, как будто, и правда, светская дама, и думать забыла, что росла в нищете, пела в парке «Надежда, мой компас земной» и собирала деньги в панамку. Боролась, стремилась, и вот вам результат: в ток-шоу участвует, в журналах ее фотографии, с книжкой попала в телевизор. Зимой в Куршевель, осенью в Милан... Могу себе представить, как бы она воспользовалась возможностями, которые привалили Эмме.

Вспоминать противно, как к ней пришел этот мальчик, Родион, муж Беаты. Чуть больше месяца прошло после гибели Глеба, Беата уже съехала от нас, я из дома ушла... Лучше бы тогда не приходила навестить Эмму, ничего бы не знала, не видела своими глазами. Но я всегда свой долг выполняю: беременность протекала легко (хотя небольшие отеки все-таки были и следы белка в моче), я раз в неделю приходила, чтобы самой ее посмотреть.

В общем, вспоминать противно: Родион (милый мальчик, ему повезло, что Беата от него сбежала) принес стопку бумаг. Как это было? Эмма с животом вперед, вокруг дети скачут. Родион говорит: «Тебе надо кое-что подписать» — и подсовывает ей бумаги.

Что подписать? Этот их Дядя Бэ, криминальный авторитет, с которым я лично никогда не была знакома... вот и хорошо, что не была знакома, раньше его не пустили бы в порядочное общество, такие люди исправлялись где-то там, в местах не столь отдаленных... Оказалось, что этот жуткий Дядя Бэ не просто так взял Глеба в фирму. Он специально взял нашего мальчика, потому что Глеб наивный и ничего не понимает... чтобы оформить на него часть своего бизнеса. Боялся всего по своей уголовной привычке и хотел скрыть награбленное от властей. Я бы никогда на такое не пошла. Я бы бежала от таких предложений так быстро, что только пятки сверкали. Ясно же, как божий день, что обязательно в какое-то дерьмо попадешь, не в одно, так в другое. Глеб наш, если честно, был небольшого ума.

Договоренность между ними была такая: этот Дядя Бэ, криминальная морда, оформляет на Глеба часть своих активов, а Глеб ему по первому требованию все возвращает. Лично я ни за что не оформила бы на другого человека даже паршивую комнату в коммуналке, а не то что активы... но в их мире это, очевидно, было принято, и Глеба он не боялся... ну, это верно, кто такой Глеб перед ним — так, козявка. Там и личное имущество было: квартира в центре на целый этаж, «мерседес», дом. Дом, генеральский особняк в Комарово, он у отца Родиона купил. Всю страну распродали вот таким уродам!

Стоило все его личное имущество, по словам Родиона, миллион долларов. И Эмма по закону наследница. Наследница, между прочим, не дачки-кукарачки, «москвича» и комнаты в коммуналке... а вот этого всего!

Родион сказал — подпиши. Вот, говорит, документы на отказ от наследства. Подпиши.

А я говорю — ты с ума сошел, сейчас она тебе все подпишет, как же!

А эта дура говорит — конечно, я подпишу, это же все чужое. И так торопится, уже ручку взяла, ей как будто не до нас, ей нужно детям книжки читать. Она все время сидела с детьми, — лицо каменное, дети к ней жмутся, — и какие-то распечатанные листочки им читала. Я однажды хотела с ними посидеть, а дети говорят: «Нет, это только наше», — ну и ладно. Я посмотрела, там было про Лиса, которого звали то ли Петр, то ли Петер.

«Я не подпишу», — говорит Эмма.

Вот так вдруг отказывается подписать. Я подумала — слава богу! Любой нормальный человек сказал бы: «Моего мужа убили ни за что, мне надо растить троих детей, дайте мне квартиру, и дачу, и “мерседес”, и денег столько-то».

Родион, добрый мальчик (все же хорошее воспитание сказывается), с облегчением говорит: «Ну и правильно! Их с Глебом устная договоренность не имеет юридической силы. Я не мог сам тебе этого сказать, но с моральной точки зрения ты имеешь полное право просить компенсацию. Между нами, они легко пойдут на твои условия. Будут торговаться для порядка, но дадут. Им квартиры и дома не нужны. Что ты хочешь, квартиру, дачу? Проси все. Ну, и деньги, конечно».

Я говорю — ну вот, мы разбогатели, хоть какой-то толк с паршивой овцы! Я не хотела сказать, что Глеб погиб, как овца... я просто не умею выражать свои мысли.

Оказалось, что Эмма имела в виду совсем другое.

Все это, спрашивает Эмма, достанется его детям.

Нет, отвечает Родион, детям ничего, все перейдет к его конкурентам.

Нам всем троим понятно, что конкуренты — это те, кто его застрелил. Ну и что? Это же бизнес. А Глеба они вообще случайно убили.

Эмма сказала: «Нет. Не подпишу. Им нужна фирма, пусть забирают. Но все остальное должно достаться его детям. Пусть переделают документы. И я проверю каждое слово».

Когда я это услышала, я просто онемела. Проверит она! У нас же принципы, мы же лучше будем голодать, чем возьмем от убийц детям на хлеб. Благородная, за мой, между прочим, счет! Кто, она думала, ее кормит? Она, видите ли, будет в облаках витать, оттуда на свои принципы любоваться, а мать пусть работает, так, что ли?

Я кричала: «Как будешь кормить детей?! Вы будете нищими!», Родион ее уговаривал: «Возьми, ты имеешь право», а эта дура говорит: «Нет». Нет, говорит, это же убийцы Глеба. Ничего, говорит, не подпишу, пусть хоть режут.

Через час (у них там все было схвачено, свой нотариус за час все переоформил) Родион принес ей исправленные бумаги, и Эмма подписала, все отдала чужим детям и внукам.

Она все подписывала и подписывала, я никогда не видела столько документов на собственность, пока Родион не сказал: «Ну все, подписала... А вот на это даже время тратить жалко, издательский дом “Беата” можешь просто выбросить...» И на этом все, конец. Дядя Бэ зачем-то перевел на Глеба даже этот никому не нужный издательский дом. Все было оформлено на него, все... В кои-то веки выпал шанс, и так все просрать.

Эмма ушла детям книжки читать, а Родион остался меня утешать. Я ведь даже плакала. Когда у мужа инсульт случился, не плакала, а тут заплакала. На самом деле ему хотелось поговорить со мной о Беате.

— Она неожиданно уехала в Москву, сказала — скоро вернется. Я скучаю.

— Вернется? Ну-ну.

Я ему все рассказала. Мы ведь с ней бок о бок целый месяц жили, я ее разговоры по телефону слышала. Если он хочет знать, с чем она поехала в Москву, что есть у его жены для завоевания Москвы, — я, пожалуйста, расскажу.

Я все рассказала, а что мне ее покрывать, что ли?

Вообще-то она умница. Не так уж неожиданно уехала. За то время, что была у нас, все себе подготовила.

Я не знаю, может, она и жалела Эмму, она хорошо за ней ухаживала, и даже за детьми, я-то совсем плохо себя чувствовала. А может, ей просто было удобно у нас пожить. Она готовила себе плацдарм.

У нее в Москве квартира. Этот ее Дядя Бэ купил ей квартиру в Москве, в Митино. Беата по телефону с матерью разговаривала, рассказывала ей, как она его одурачила: что мама в Витебске болеет, ей нужно в Москву лечиться, и она только в Москве поправится. А когда тот сказал, что нужно тогда мамину квартиру в Витебске продать, сказала — ой, ну нет, мама там всю жизнь прожила, это же память о прожитой жизни. Оформила московскую квартиру не на мать, а на себя. ...Хорошо бы Эмма от нее научилась заботиться о себе.

— Ее мама умерла. С какой матерью она разговаривала? — удивился Родион.

Да вот с той, которая умерла. Умерла, а потом воскресла.

Родион не поверил, что Беата могла так ему врать, помрачнел, мне его даже жалко стало. Спросил, откуда я знаю, что она говорила с матерью. А так только с матерью говорят. Уж я-то знаю, сколько у себя на приеме видела: девчонки все одинаковые, как гулять, так тайно от матери, а как припрет — сразу мать. К тому же она говорила «мама».

— Мама, почему ты говоришь «куда ты прешься»? Я хочу в Москву. Там все. Я стою больше, чем у меня было. Начать с нуля тоже неплохо.

Не знаю, был ли у нее мужчина, какой-то запасной вариант. Может, и нет. А если и был, он не звал ее жить. Она с риелтором переговаривалась, чтобы ее квартиру сдать, а ей снять в центре. Хоть мышеловка, но в самом престижном центре. Она мечтала жить на Чистых прудах в квартире с историей. Понятно, что собиралась выдавать съемную квартиру за свою, якобы она из хорошей семьи и квартира от бабки — польской дворянки осталась. Вот авантюристка!

Мать ее, видимо, спросила, что у нее есть, чтобы в Москву переться.

— Что у меня есть? Сиськи. Красивая одежда. Стиль. Женственность. Знакомые у меня в Москве есть, которые отведут в правильные места и познакомят с правильными людьми. Деньги есть на выход в свет, на первое время хватит. Что у меня еще есть... Я умею понимать. Слушать про детство, двойки, первую любовь, про армию.

Чтобы уже не было никаких секретов, я показала Родиону картину: она ее с собой не могла утащить. На картине подпись: «Григорьев», Беата купила ее за двадцать тысяч долларов тогда же, когда и мою брошку. Объяснила: «У меня разные активы. Нельзя класть все яйца в одну корзину». Активы у нее!.. Вот она, наша сиротка с начальным капиталом.

— За двадцать тысяч? Мне сейчас кажется, что моя неудачная жизнь разбилась на кусочки, — сказал Родион.

Мне показалось, что если бы у Беаты был любовник, это не так бы его убило, как то, что она скрывала от него свои доходы, тайно копила деньги.

— А я всегда с ней делился, — вот так и сказал, как ребенок. И чуть не плачет. Любит ее, дурачок.

Я как врач прекрасно понимаю, чем Беата привлекает мужчин. Беата берет сексом. Как гинеколог я уверена, что секс у Беаты техничный и хладнокровный, ведь для нее это инструмент. А для моей дочери, к сожалению, нет. Единственный новый мужчина, который появился в ее жизни, и тот голубой.

Он не совсем новый, ее бывший сокурсник. Переводчик со шведского, приличный человек. Узнал, что у Эммы несчастье, и стал приходить. Но тут и не подумаешь, что он к Эмме неровно дышит: сразу видно, что он не по женщинам. У него есть друг, швед — они, как теперь говорят, пара. Швед этот его какие-то там сказки пишет, а он переводит. Никто сказки не печатает, на что живет, непонятно. Вот такие у Эммы теперь друзья. Но других нет. Нас все бросили. После гибели Глеба все мгновенно пропали. Если бы Глеб погиб красиво, например ребенка спас из огня, тогда конечно, люди бы восхищались. А тут криминал, все стараются быть подальше.

Еще есть домработница, которую когда-то Беата наняла. Строго говоря, она не совсем домработница (откуда у нас деньги платить), просто приходит по дружбе. Эмма говорит, что она прекрасная художница. Я этого не понимаю: если ты прекрасный художник, у тебя должен быть диплом, известность. А если ты домработяга, так мой полы. Санитарка же не полезет вместо врача в п...у, потому что любит медицину. Дружок этот, швед, приезжал, говорит, у них такие союзы очень популярны, когда люди друг другу помогают, чем могут.

В общем, веселая компания за печкой сидит: домработница-художница, голубой и вдова доверенного лица криминального авторитета с тремя детьми. И эти люди надеются, что у них будет бизнес? Правда, Эмма говорит, что суть не в бизнесе, она рада, что делает хорошее дело для детей. Люди ей что, спасибо скажут? Хлеб маслом намажут?

Кстати, о детях. Дети ужасны. Кроме Гриши. Марина говорит: «Я не буду кашу, потому что Диме омлет», а Дима не сводит с Эммы глаз, ловит каждый взгляд. Дети Эмму тиранят.

Она думает, у меня климакс. Климакс, конечно, играет свою роль. Я хочу обойтись без гормонозаместительной терапии. Ведь до сих пор нет убедительных доказательств, что польза заместительной терапии преобладает над ее рисками. Паузогест вызывает маточные кровотечения, фемостон дает прибавку веса. Можно попробовать пластыри с эстрадиолом и прогестероном.

ПРОШЛО ПЯТНАДЦАТЬ ЛЕТ

Глава третья

ЯРМАРКА ТЩЕСЛАВИЯ, 2016 ГОД

Родион, Три дня в Москве. Февраль

Я сказал маме, что ее надо усыпить.

Это, конечно, жесть — усыплять человека. Просто позавчера я приехал в Москву немного нервный.

Не потому что мы с ней два года не виделись, а из-за Шарика. У меня Шарик неважно себя чувствует. Я позавчера прямо перед поездом его навестил, он был хороший активный пес, но у него немного отекла ножка.

Я один ехал в поезде, меня папа посадил, а она встретила.

Я приехал позавчера вечером на неделю, хотя в школе сейчас идут контрольные. В каникулы она не смогла меня принять.

Она теперь живет не в своей квартире, а в поселке Жуковка, это на Рублевке, папа сказал, здесь живут все олигархи. Ее дом очень большой, я вчера весь день от нее прятался, то у бассейна, то в бильярдной, и она меня даже не видела.

Сегодня утром она говорит, чтобы я собирался, как метеор, у нее весь день расписан. Зачем папа отправляет меня к человеку, у которого весь день расписан, которого я с рождения тягочу... тяготю.

Если хорошо подумать, можно сказать грамотно: зачем мне жить у человека, с которым мы с моего рождения друг другу в тягость. Но я не показываю ей, что мы с ней с моего рождения друг другу в тягость.

А вот в нашей семье, у нас с папой, не принято ничего скрывать. Я не знаю только одного: зачем она меня родила. Одиннадцать лет назад, что ли, были запрещены аборты? А может, папа привязал ее к стулу с кляпом во рту, чтобы она не сделала аборт? А может быть, папа сказал, что он ее убьет, если она меня не родит?

Это я шучу. На самом деле я знаю, почему она меня родила. Она никогда не отдаст свое платье, даже если она его никогда не носит. Она подумала про меня, как про платье: «Ну ладно, пусть будет, жалко выбрасывать... вдруг когда-нибудь пригодится». К тому же папа обещал, что заберет меня прямо из роддома и она больше никогда нас не увидит.

Я все знаю: она жила в Москве, а папа к ней иногда приезжал, и вот так я получился. Папа забрал меня домой, в Питер. Я был самым молодым пассажиром поезда «Красная стрела», мне было восемь дней. Ехал в кошачьей переноске, в рюкзачке меня еще нельзя было нести, потому что голова болталась, а в переноске я лежал и спал, пока нас с папой не сняли с поезда. Проводница никогда не видела, чтобы мужчины путешествовали с младенцами в кошачьей переноске, и подумала, что папа меня украл.

Папа говорит: именно в милиции к нему пришло озарение, что я у него навсегда. И он прямо в милиции поклялся, что у меня никогда не будет мачехи. Только он и я, Родион-папа и Родион-сын, два Родиона.

Папа говорит: «Не обижайся, что она тебя отдала, у нее была сложная жизнь. Приехала из Петербурга, всего добилась, стала светской львицей, а тут вдруг ты завелся...» Когда я был маленький, я думал: если она могла стать львицей, значит, каждый может стать кем захочет. Я бы хотел стать носорогом, мне тогда носороги очень нравились. Сейчас тоже нравятся, но не так сильно.

Потом-то я узнал, что она была не львицей, а светской львицей. Это значит, ее фотографии были в журналах, она плавала на яхте, летала на частных самолетах, ее даже показывали по телевизору. Она написала книгу — значит, она писательница? У нее бизнес был, салон красоты, потом я родился, потом не знаю, что было.

Папа говорит: «Не обижайся, что она не приезжает, у нее была трудная жизнь. Салон красоты куда-то делся. Она бедствовала». Однажды папа пришел к ней домой, в ее квартиру на Чистых прудах, а там темно: она сидит без света, одна в большой темной квартире, потому что нечем заплатить за электричество. Зимой! Папа говорит: «Давай поедем заплатим за свет, я сам заплачу», а она: «Не на чем ехать, у меня "лексус" стоит у подъезда без колес, зимнюю резину не на что купить». Я как это представлю, так мне становится ее жалко: сидит взаперти зимой одна в темном доме, и внизу машина без колес.

Папа говорит, она меня отдала для моего же блага: у нее не было для меня условий, надо было самой жить. Он врет, потому что добрый. Мой папа очень добрый. Она говорит, что отдала меня, потому что генеральский внук должен расти в генеральской семье. Она врет, ясно же: любила бы своего ребенка, они бы с папой положили меня в кошачью переноску и поехали домой.

А никакой генеральской семьи-то и нет, мы с моим папой вдвоем. От наших славных предков остались только фотографии на память. Ну, и живем мы в квартире деда на Шпалерной, а половину квартиры сдаем. Она меня один раз чуть не убила, когда я кому-то из ее знакомых сказал, что мы сдаем квартиру. Она сказала — это мальчик так шутит, к ним сейчас гости приехали. Ей надо, чтобы люди думали, что у нас все круто. Зачем? Зачем вообще людям надо, чтобы другие думали, что у них все круто? И даже что у их родственников все круто? Мы же с моим папой ей очень дальние родственники, мы от нее отдельно, сами по себе.

Она приезжает каждый год на три дня. В прошлом году не смогла приехать: уезжала отдыхать. Папа ей по телефону сказал: «Ну ты и сука». Я расстроился, что он расстроился и выпил, а из-за нее — нет, я по ней не скучаю. Я ее не люблю. Она упрекает папу, что ей иногда приходится посылать на меня деньги.

Папа бы ни за что не брал, но он иногда мало зарабатывает. Иногда нормально, но иногда мало. А бабушку я люблю, папа меня к ней в Витебск привозит, чтобы она на меня посмотрела.

У моего папы, конечно, есть подруги. Мой папа очень красивый и умный. К тому же он одинокий отец. Я в садике замечал и в школе: как воспиталки и учительницы узнают, что он одинокий отец, так сразу хотят его догнать, схватить и помочь. Но мы и сами справляемся.

Папа доставучий, как репей, звонит по десять раз в день: «Ты ушел? Ты дошел? Ты жив? Как лапы — не ломят? А хвост не отваливается?..» Мне нравится. Я к этому с достоинством отношусь.

Она велела мне одеться прилично, я оделся прилично, и мы поехали.

Она говорит в машине: «Ты выглядишь как бомж. Я что, мало денег посылаю, чтобы ты раз в году прилично выглядел? Надел бы хоть длинную футболку под свитер, был бы стиль... Какой ты некрасивый в этих уродских очках». Да нормально я выгляжу — свитер, джинсы... Может, я не подхожу к ее розовой сумке, но я же не могу быть в розовом. Неправда, что я некрасивый, я похож на моего папу.

В машине я начал рассказывать, что мы с друзьями после школы ходим в «Ильинку», это собачий и кошачий приют. Моя школа на Шпалерной. Школа очень удобно расположена, рядом с приютом.

У меня там есть любимцы: слепой котик Багратион и кошечка Муся без передней лапы. А теперь еще Шарик.

Я знаю, что ей на меня пофиг, но я думал, что уж Шарик ее точно заинтересует. У него трагическая судьба, он жил на улице, его забрали в приют, потом кто-то взял его на передержку и вернул обратно. Но я не успел про него рассказать. Мы приехали по ее расписанию.

Маникюр

Это большой красивый спальный район. Меня посадили на стул, я от скуки три раза прочитал прейскурант. Маникюр стоит 1800 рублей, массаж две тысячи. Тогда почему она попросила у Захара 800 евро на маникюр? Не знала, что маникюр и массаж такие дешевые? Теперь, наверное, обрадовалась.

Захар — ее муж. Я еще вчера посмотрел в «Википедии», там про него написано: Захар Андреевич Каменев, российский предприниматель, общественный деятель, председатель чего-то, член чего-то, а еще у него есть благотворительный фонд.

Он старый. Моему папе сорок семь лет, а ему шестьдесят или восемьдесят. Маленький, скрюченный, но лицо симпатичное, и веселый.

Когда она попросила денег на маникюр, он говорит: «Попроси как следует». А она говорит: «Дай, пожалуйста, мяу» — так ласково. Он смешной, грозит ей: если не будешь слушаться, то будешь одеваться на рынке, путешествовать не в Америку, а в город на Неве на трех электричках. Это смешно, но я вообще-то не понял: почему она просит у него деньги? Если он ее муж?

Они что, живут как соседи, как будто она у него снимает комнату и у каждого своя еда? Почему он хочет — дает, а хочет — нет? Мой папа дает мне деньги на еду в школе и на карманные расходы, но я же ребенок. На все остальное, что я вдруг захочу, например лекарства для приюта, мне не надо выпрашивать: если деньги есть, папа дает, а если нет, скажет, когда сможет дать. А у них почему так? Как будто он может не дать или сначала дать, а потом забрать обратно. Как будто он хозяин, а она его собака.

С собаками тоже в принципе лучше уважительно. У Шарика, например, не рекомендуется забирать еду обратно, он может укусить. Он, конечно, выпрашивает у меня печенье, но знает, что я его уважаю. Я с ним так строю отношения: мы друзья, и у каждого есть свои обязательства.

Но потом-то я понял, почему у нее так. Захар ей муж, но не совсем муж. Она только хочет выйти за него замуж.

Она меня пригласила в гости, чтобы я на него повлиял. Сказала, что у меня важная миссия. Я должен сказать Захару, что я верю в Бога и переживаю, что моя мама не замужем, поэтому они должны обвенчаться.

Она спросила: «Ты сможешь это серьезно сказать и грустно посмотреть в сторону?» Она имеет в виду в сторону Бога?.. Я сказал, что, к сожалению, не смогу. Я не переживаю, не очень верю в Бога, и я совсем не умею врать. Вообще не могу ни слова соврать, хотя в школе это иногда требуется.

Почему она хочет замуж, это я понял. Она хочет, чтобы дом на Рублевке был ее, не только его. А то она живет у него, как Шарик на передержке. Когда Шарика взяли на передержку, он знал, что скоро поедет назад в приют, и прятал косточку на будущее, а если бы его взяли навсегда, он бы косточку сгрыз и разлегся на диване попой на подушке. Понятно, что она хочет быть женой, а не на передержке.

А почему же он на ней не женится? Думаю, все просто: из вредности. Я встречал таких людей, у нас в классе такие есть: если кому-то ну о-очень надо, они специально ни за что не сделают.

Пусть она попросит Деда Мороза или Бога, чтобы Захар на ней женился. Серьезно, я не шучу. Деда Мороза нет, насчет Бога точно не знаю, но кто-то же исполняет человеческие желания! А может, Захар сам решит на ней жениться: ему с ней хорошо, это же видно. Он старый, усталый от трудной жизни, а она еще молодая, смеется, тормошит его, ему без нее будет скучно. У них хорошие отношения. Вот только она немного похожа на слугу.

Маникюр был долго, полтора часа, я сидел на стуле, переписывался с девочками. Написал им, что Шарик болеет, пока я тут сижу на маникюре. А у нас ведь еще массаж. Девочки после школы пойдут к Шарику.

Массаж

У меня, кажется, беда. Шарику стало хуже. Девочки написали, что он вялый и даже не лает на них. Я попросил посмотреть, как он писает и какого цвета глазки.

Девочки написали, он не писает при них, а глазки желтоватые. Если глазки желтоватые, нужно к врачу. Это может быть печень. Или почки. Что делать?

Наконец-то она вышла. Мы едем в центр, в ЦУМ.

ЦУМ

Таскаюсь за ней, как песий хвост, молча. Она купила мне целую кучу всего: джинсы и свитера, куртку, плащ, пальто, три пары брюк. Хорошо, хотя бы не заставляла меня мерить. Получилось пять огромных пакетов. Позвонила Захару Андреевичу, сказала: «Мяу-мяу, я плачу карточкой?» Мы отнесли все в машину, и она говорит: «Ты ведь не скажешь Захару, что я все это сдала назад?»

Назад? Конечно, не скажу, но зачем мы потратили столько времени? Тем более мне вообще все равно что носить.

Мы притащили пакеты обратно в магазин, она пошепталась с продавцом, получила деньги. Продавец сказал: «Обналичка, ха-ха». Сели в машину, она говорит: «Отлично, я за сегодняшний день заработала тысячу евро». Я не понял, как она заработала, ведь мы все время были вместе.

А потом понял: Захар же не попросит ее показать одежду. И деньги теперь ее — были его, а теперь ее. У нас один мальчик в классе так говорит: «Было ваше, стало наше». Вот какая хитрая! Чем так жить, все время хитрить, лучше вообще не жить! Я один раз случайно посмотрел серию какого-то сериала, там одной богатой женщине неожиданно сообщают: «Ваш муж бросил вас на произвол судьбы, исчез с вашими деньгами, у вас не осталось ни цента».

Интересно, если бы ей сказали «ваш Захар Андреевич исчез», как бы она тогда, на произволе судьбы?

Мне стало обидно, что мой приезд ее не порадовал так, как эти деньги, а ведь мы два года не виделись. Я сказал: «Для некоторых людей важны только деньги».

Она засмеялась: «А вот и нет, для меня не только деньги, еще вещи. ...Шучу, ты что, шуток не понимаешь? Дело не только в деньгах, но ты не поймешь».

Она все-таки объяснила, в чем еще дело, кроме денег. Я понял.

Ей уже не двадцать, и не тридцать, и не сорок. Чтобы ее уважали, ей нужно кем-то быть. Она не вышла бы замуж за просто торговца, ей нужен человек с положением в обществе, который может дать ей... ну, это, положение в обществе. Она сказала: «Ты не понимаешь, как сильно я хочу!»

Оказывается, она хочет стать председателем фонда. У Захара Андреевича есть благотворительный фонд, и она хочет быть председателем. Она говорит: «Эпоха гламура прошла». Это значит, что теперь все интересуются чем-нибудь серьезным, и она интересуется фондом. Она очень сильно хочет выйти замуж, чтобы быть свободной, чтобы не надо было мяукать из-за денег и чтобы ее уважали. Захар Андреевич обещает ей фонд, но не дает. Она очень сильно этого хочет! У меня тоже так бывает: как зациклюсь на чем-то, как сожмусь как стрела! Сейчас я сжался, как стрела, чтобы Шарик не разболелся.

Я спросил, почему бы ей не работать в приюте для собак, а если она не любит животных, то в хосписе, а если она не любит взрослых, то можно в детском доме, с детьми. Она сказала: «Не болтай глупости, зачем мне люди, или дети, или собаки, мне нужен фонд. Я хочу быть свободной».

Я спросил, не может ли фонд помочь приюту «Ильинка». Она сказала: «Зря я говорила с тобой всерьез, ты ничего не понял, ты просто идиотик».

Да понял я, я все понял! Фонд не может помочь приюту «Ильинка».

...Девочки написали, что Шарику хуже. В приюте ищут хорошего человека, который сможет отвезти его в клинику. Папу я не могу просить, он расстроится. Ему придется сказать мне, что он не может сесть за руль. Мой папа без меня может случайно больше выпить, чем при мне.

...Шарик в клинике, его отвез хороший человек.

Ресторан «Доктор Живаго»

У нее тут встреча с журналистом. Журналист принес статью про нее, она должна ему заплатить.

Журналист сказал: «Давайте проверим: родилась в Витебске, выросла в интеллигентной семье, училась в университете, потом получила еще одно высшее образование, успешно занималась предпринимательством... Вы много работаете в сфере благотворительности. Все так?» Она сказала: «так», и они стали дальше проверять. Я понял: статья должна быть очень хорошая, чтобы никто не удивился, когда она станет председателем фонда.

Девочки только что написали: у нас проблема. В клинике у Шарика взяли анализы, сделали УЗИ, поставили капельницу. Девочки сейчас с ним. Но его не могут оставить в клинике, нет мест. Можно перевести его в платное отделение. Там надо платить 2600 в день и еще за лечение. У девочек денег нет вообще. Клиника не дает скидок и не лечит в кредит. У моего папы сейчас тоже нет денег, он только что отправил меня в Москву и купил лекарства для приюта, по списку: леветирацетам, гемобаланс, фолиевая кислота, вимпат, клексан, тирозол, алмагель, гептрал и шприцы 10 мл.

И тут меня прямо стукнуло: одному-то Шарику фонд уж точно сможет помочь! Даже если этот фонд не занимается животными, одному Шарику можно помочь!

Я сказал: «Пусть фонд поможет Шарику жить! Клиника не дает скидок и не лечит в кредит!»

«Шарик? Кто такой Шарик? Зачем ему деньги, на наркотики?! Что за дурацкая кличка?..»

Почему сразу на наркотики?

Я чуть не заплакал. Вообще-то я уже давно не плачу, мне два месяца назад исполнилось десять лет, я уже взрослый. На мне папа, он ведь иногда слишком много пьет... и Муся, и Багратион. И Шарик, я очень за него волновался.

Когда журналист ушел, она сказала: «Это дело принципа — я не могу содержать твоих друзей. Смотри, я для тебя все — я купила тебе одежду, я тебя с собой таскаю, веду тебя в дорогущий ресторан, а ты меня подставляешь! И это в десять лет, что же дальше будет?... А-а, это собака... Что же ты сразу не сказал, что это собака? В приюте, больная? Ее надо усыпить».

Я все-таки заплакал, заплакал, как маленький, и сказал, что это ее надо усыпить.

Усыпить человека — это жесть, но она не обиделась. У нее есть один плюс: она ни на кого не обижается, ей наплевать, кто что говорит.

У нее есть еще один плюс: с ней всегда можно договориться. Мы договорились, что завтра она поменяет билет и отвезет меня на вокзал. Три дня в Москве хватит. Правда, мне домой надо. У меня там папа, Шарик болеет, и в школу надо, и котик мой Багратион скучает по мне, и Муся без меня сидит в клетке, без меня с ней не гуляют, а я уношу ее в парк, и мы там с ней скачем. Я скачу на одной ноге, чтобы ей не было обидно.

Я думал, она хоть немного расстроится, а она обрадовалась. Сказала, у нее тоже много дел и она согласна, что три дня в Москве достаточно.

Девочки написали, что у Шарика отек на ножке стал меньше и моча светлее. И он лает!

Давид, Москва слезам не верит. 4 апреля

Иногда я думаю о себе как о герое романа. Будь я героем романа, автор сказал бы: «Спустя двадцать семь лет он сходил с трапа самолета Нью-Йорк — Санкт-Петербург другим человеком». «Гасиэбуло» в кожаной куртке дяди Вано и «американец», к которому стюардесса обратилась по-английски, безусловно, разные люди, но стал ли я «другим человеком»? Психологическое ядро человека не меняется, иначе мы не просыпались бы теми же людьми, что заснули, с теми же страхами и комплексами. Беата сказала: «Ты совершенно другой. Какой ты красивый, какой ты американец». Уж не знаю, какой я красивый, бесспорно — худой. Но другой? Судя по тому, что я сошел с трапа самолета с той же мыслью, что и двадцать семь лет назад, — «Я здесь не нужен?», я все тот же.

Ну, или, к примеру, автор сказал бы так: «Он помчался в Петербург в ту же минуту, как узнал...» А вот это неправда, в жизни так не бывает: я не мог улететь в ту же минуту, как узнал. Кто может требовать, чтобы известный нейробиолог (конечно, нейробиологов не узнают на улице, я имею в виду «известный в научном мире»), руководитель нейробиологической лаборатории в Нью-Йоркском университете, мгновенно бросил все и улетел в Санкт-Петербург... У него студенты, лекции, два доклада. То есть у меня студенты, лекции, два доклада.

На самом деле я не собирался лететь в Петербург, даже и не думал лететь. Зачем? Мы с Эммой... кто мы теперь друг другу? Всего лишь брат и сестра по отцу, чья переписка прервалась семнадцать лет назад. Мы чужие люди. Если бы я не зашел в Katz's Deli за малосольными огурцами...

Я зашел в Katz's Deli, случайно оказался рядом и зашел за малосольными огурцами, мои сотрудники любят русскую еду. И если бы подруга Беаты, поклонница Вуди Аллена, не привела Беату туда же в надежде, что Вуди Аллен зайдет в Katz's Deli за своим любимым сэндвичем с пастромой... В общем, если бы мои сотрудники не любили малосольные огурцы, а Вуди Аллен сэндвичи с пастромой, у меня бы и мысли не возникло лететь в Петербург.

У кассы кто-то рядом позвал: «Беата!», я оглянулся, отреагировав на редкое имя. Странно, но я сразу ее узнал, уже через долю секунды сквозь взрослые черты проступила, как переводная картинка, та веселая девочка, то же милое уютное личико. И взгляд был тот же, царапающий и гладящий одновременно. Она меня не узнала.

Я напомнил: «давным-давно, Ленинград, Эмма», и Беата ойкнула по-детски, обняла меня (очень трогательно) и закричала: «Ты такой *красивый*! Ты *такой* красивый! Ты *такой красивый*!» Она повторила это три раза, не меньше.

Конечно, я спросил, как поживает Эмма, сказал, что ничего не знаю о ней вот уже семнадцать лет. Беата со всей своей непосредственностью, которую я тут же вспомнил, воскликнула: «Вот же ешкин кот, ты что, ее бросил?!»

Ну, вот тебе и ешкин кот. Никого я не бросал.

Я не бросал!

Оказывается, семнадцать лет назад Беата написала мне, что моя сестра Эмма находится в тяжелом состоянии, возможно, сошла с ума. Глеб погиб, она осталась с двумя детьми, инвалидом отцом (между прочим, он и мой отец), взбалмошной матерью, беременная третьим ребенком. Но я не получил это письмо.

Как любит говорить Катя, ненавидящая любые просьбы, «письма, в котором вы просили денег, я не получал», но я действительно не получил это письмо.

«Я точно помню, что написала... Может, забыла отправить? Я как почта России: то забуду, то перепутаю...» — улыбнулась Беата.

Очевидно, она забыла отправить письмо. Я не винил Беату за ее легкомыслие. Мы все склонны к фундаментальной ошибке атрибуции: в сложных ситуациях обвиняем других людей, не себя. Но дело всегда в нас самих.

В последнем письме, которое я получил от Эммы, она писала, что Глеб стал много зарабатывать и у их семьи наступила новая жизнь. Я ответил, затем написал еще раз, теперь я понимаю — мои письма приходили уже после гибели Глеба, скорее всего Эмма их даже не видела.

...Эмма не отвечала. Как я мог это понять, что думать? Я не знаю, что обычно думают люди, когда к ним не приходят на свидание, не отвечают на их письма. Возможно, они спокойно выясняют, что случилось, а не впадают в уныние и ужас, что ими пренебрегают, что они больше не нужны. Но я-то впадаю в уныние... и в ужас. Я решил, что новая благополучная жизнь закрутила Эмму и в этой новой жизни она во мне не нуждается. Это все моя всегдашняя неуверенность в себе: я ведь рос с мыслью, что не нужен этой семье, ни отцу, ни сестре. Я не мог писать, звонить, добиваться ответа. Не мог *добиваться* ее привязанности.

Это был, как сказал мой психотерапевт, сильнейший травматический опыт. Я решил, что во мне есть какая-то психологическая непривлекательность, которая мешает любить меня и поддерживать со мной близкие отношения. Что работа поглотила все мои душевные возможности, не оставив места для других чувств. Не понимаю, как в других людей вмещаются работа и любовь?.. Сам я как шкаф, в котором всего одна полка, и она полностью занята работой. Но все же иногда я говорил себе: «Я мог бы любить Эмму».

Но почему Эмма больше не написала? Думаю, дело было так: Беата сказала ей, что сообщила мне о гибели Глеба, и Эмма ждала, что я примчусь, помогу... Она решила, что я не откликнулся, испугался, не пожелал взять на себя ответственность. Эмма, она же гордая... Не захотела напоминать о себе, вынуждать меня помогать. ...О господи, какой стыд, ведь все это время моя сестра думала, что я пропал, чтобы не помогать ей!.. А Беата просто не отправила письмо!.. Я должен был настаивать — звонить, добиваться ответа, а вместо этого я сидел и лелеял свои комплексы! Из-за меня, из-за моих комплексов Эмма нуждалась, мой отец умер в нищете... Не из-за небрежности Беаты, а из-за меня!

— Да что ты так разволновался, все выжили, и она как-нибудь выжила... — сказала Беата, и я почувствовал большую благодарность за то, что она понимает меня и успокаивает. Я ведь к этому не привык. Я привык, что меня обвиняют.

— Како-ой ты... Ты такой американский, такой худой, такой красивый... ты очень красивый, — повторяла Беата. Мне показалось, что она не шутила. И тут со мной произошло то, что называется дежавю, когда что-то неопределенное — слово, звук, запах — внезапно вызывает к жизни тех нас, которыми мы были когда-то. Со мной это иногда происходит во сне: во сне я опять чувствую себя «гасиэбуло», меня кормит Нино бэбо, я не хочу есть, но послушно ем от любви к ней.

А сейчас, рядом с Беатой, это случилось наяву, я почувствовал то же, что семнадцать лет назад: рядом с ней — жизнь.

...Мы с Беатой обменялись номерами телефонов, хотя нам незачем звонить друг другу, она поцеловала меня, и я со своими малосольными огурцами отправился в университет.

Зачем лететь в Петербург, – просить прощения, объясняться?.. Я и не собирался. Но что, если Эмме нужна помощь? Беата сказала, она вела себя как сумасшедшая. Что, если она так и не пришла в себя? Воображение рисовало мне Эмму, бродящую в халате по сумасшедшему дому... Я почему-то был уверен — Эмма не сошла с ума, но она может быть несчастна, одинока, больна. Узнать, что Эмма прописана все там же, на Фонтанке, было нетрудно.

Аэропорт — такси — набережная Фонтанки — у таксиста нет сдачи со ста долларов — дом — двор — подъезд — лифт — пятый этаж — пять минут размышлений у входной двери «я навязываюсь, я ей не нужен» — звонок.

Дверь долго не открывали, я уже хотел уйти, и когда Эмма наконец-то открыла — она была в халате, с заспанным лицом, — вдруг сообразил: сейчас раннее утро, ну какой же я идиот, тоже мне Санта-Клаус, через семнадцать лет приперся без предупреждения в восемь утра!..

— О господи, это ты?.. — сказала Эмма. Как в кино.

Может ли быть, что это Эмма? Вот странность, Беату в Katz's Deli я узнал в ту же секунду, а вот разглядеть в Эмме ту прежнюю светлую девочку не мог даже в ее собственной квартире. Эмма, слава богу, не выглядела сумасшедшей. Обычная, потрепанная жизнью женщина... Если мне пятьдесят четыре, то ей должно быть сорок семь, и она не кажется моложе. Но дело было не в возрасте, не в морщинах и не в утренней небрежности. В отличие от Беаты, у нее был другой взгляд, не тот, что в юности. Другой взгляд — другой человек.

«Папа умер через год после Глеба», — сказала Эмма, и я глупо пробормотал: «Прости, я не знал», как будто я откуда-то мог знать или если бы знал, то смог что-то сделать... Ну, какой смысл ни вкладывай в мое бормотание, все будет глупо.

В прихожей и на кухне за прошедшую целую жизнь, кажется, не появилось ни одного нового предмета, кроме коробок. Кухня, как и прихожая и коридор, была заставлена коробками, а кроме этого все было в точности так же, как двадцать семь лет назад: у Эммы, конечно, не было возможности покупать новые вещи.

И все остальное было в точности, как двадцать семь лет назад: смущение, замешательство, горестная мысль «зачем я приехал, я не нужен», только тогда это было с отцом, а теперь с Эммой.

Но нам не пришлось сидеть друг напротив друга с неловким чувством: мы чужие, но нужно притворяться, что не чужие. Эмма не хотела притворяться. Она меня принимала, не более того, и я уже собрался сказать, что мне пора, как в прихожей раздался шорох, затем что-то упало, и я услышал: «Вот черт, когда это кончится!». Я помнил этот бодрый голос.

— Мама была равнодушна к старшим детям, но тут ее накрыло, она обожает Гришу, каждый день приходит его проводить... — пояснила Эмма. — Если сказать ей, что она кричала «аборт!», она скажет «этого не было, ты сумасшедшая».

Это я понимаю, каждый помнит, что хочет.

— Приходит проводить в садик?

Да что же это такое, в этом доме я мгновенно становлюсь дебилом! Грише должно быть шестнадцать лет.

— Гриша считает, что ему направо, а школа налево. Мама надеется, что, если проводит его до школы, он не свинтит хотя бы с первого урока.

— Кто это у тебя тут, новый любовник? Скрываешь от меня?

В отличие от Эммы, Алена Сергеевна была, как говорила Нино бэбо, «с утра при полном параде»: накрашенные губы, массивные серьги, бусы. А вот этого я не помнил, — что она такая яркая красивая женщина. Они с Эммой теперь выглядели не как мать и дочь, а как две взрослые женщины, одна чуть старше другой, и это еще раз заставило меня произвести подсчет: мне пятьдесят четыре, значит ей сорок семь... и еще раз пожалеть Эмму.

— Мама, не узнаешь? Это Давид.

— Какой Давид? ...Давид? Давид, сын твоего отца из Тбилиси?.. Ты уверена? Давид был толстый несимпатичный молодой человек, а это красавец... Ах, он похудел?.. В Америке все худеют. ...А где же, позволь спросить, был твой брат Давид, когда ты осталась в трагическом положении? Без мужа, трое детей, больной отец... — со вкусом перечислила она.

— Мама, — предупреждающе сказала Эмма, — вот мы, живые-здоровые и даже вполне упитанные.

Я не хотел оправдываться перед этой женщиной, из-за нее я так никогда и не узнал своего отца, но она, как и прежде, производила на меня такое пугающее впечатление, что я немедленно начал оправдываться:

— Я не знал, Беата забыла отправить письмо...

Эмма посмотрела на меня холодно, демонстративно непонимающим взглядом «кто такая Беата?».

— Ах, Беата... Очень на нее похоже: устроить бучу и исчезнуть, — оживилась Алена Сергеевна. — Втянула нашего мальчика в эту страшную историю. Если бы не она, Глеб был бы жив...

— Мама. Остановись.

— Нет, я не остановлюсь. Ну да, она ухаживала за Эммой, когда та вела себя как сумасшедшая, но это был ее долг... Тем более Эмма вовсе не была сумасшедшей, это была психологическая защита... Это называется изоляция, когда человек неосознанно ставит барьер между реальностью и своей психической жизнью...

— У мамы муж — психолог, теперь мы все про всех нас знаем.

— Не надо ерничать. Он твой брат, хоть и бросил тебя в трагическом положении. Он должен знать, как было. Так вот: Эмма беременная, у нее следы белка в моче, дети ведут себя ужасно, я ее уговариваю по-хорошему, кричу: «Прими наследство!» ...Скажи, Давид, разве это умно? Убили Глеба, в кои-то веки выпал шанс, а она... Может, она и была в то время сумасшедшей!

Эмма сидела с невозмутимым лицом, как будто ее мать только что не произнесла: «Убили Глеба, в кои-то веки выпал шанс...» Я не понял, что она имела в виду, какое наследство. От Глеба? По-моему, это Алена Сергеевна сумасшедшая, и ее муж-психолог мог бы это заметить, помочь.

Раздался звонок. Эмма встрепенулась, ушла открыть дверь, и я на секунду подумал, что сейчас войдет Беата и скажет с польским акцентом: «Я Беата из рода Ленцких». Как это было трогательно, такое отчаянное детское вранье.

На кухню вошла девочка (теперь, когда мне за пятьдесят, все больше людей кажутся мне девочками и мальчиками), ничем не примечательная, а вскоре вернулась Эмма в черных брюках и белой рубашке. Не понимаю, что может женщина за пару минут сделать со своим лицом, но передо мной была другая Эмма, не блеклая и заспанная, а тоненькая, энергичная, без возраста, — так выглядят в среднем все американки. Как хорошо, что она такая... А я несправедливый идиот: если бы ко мне ворвались утром, вытащили меня из кровати, я бы выглядел на девяносто.

Девочка брала у Эммы интервью для какого-то модного журнала, снимала на камеру.

— Вы, одна из первых, основали независимое детское издательство, с начала двухтысячных выпускаете книги на прекрасном художественном уровне. Почему именно издательский бизнес?

— Я филолог, книги — это моя жизнь.

— Как вы решились начать собственный бизнес? Нужны были вложения, вам кто-то помогал?

— Цена входа на издательский рынок не была высокой, если вы, конечно, не планировали открыть большое многопрофильное издательство. Для меня это означало издать всего лишь три книги, для этого не потребовались большие вложения: себестоимость выпуска одной книги при тираже до десяти тысяч экземпляров составляла около одного доллара. Вложения в издание первых трех книг составили три тысячи долларов.

— Вы не издаете детскую классику. Не любите Чуковского и Маршака?

— В то время, когда я начинала, не было книг о современных детях, об их проблемах. Конечно, были «Денискины рассказы», «Витя Малеев в школе и дома», «Катя и крокодил»... На этих книгах выросли мы. Но в целом Чуковский, Барто и Маршак не говорят с детьми о реальных жизненных ситуациях, а у ребенка есть огромная потребность разговаривать на сложные темы применительно к его собственной жизни, к современным реалиям. Совсем не все родители умеют разговаривать с детьми. Я, к примеру, не умею. В таких книгах была и есть реальная потребность.

— Ваш фирменный знак — знаменитый шведский писатель, лауреат многочисленных премий. Ваше издательство живет за счет издания его книг?

— В нашем портфеле есть то, что мы очень хотим издать, — это тексты новых, пока неизвестных отечественных авторов. И да, — то, что мы издаем такого знаменитого автора, действительно позволяет нам издавать другие книги, это и есть издательский процесс.

Девочка, прикрыв рукой камеру, сказала Эмме — очень сухо получается, давайте что-то более личное... Эмма понимающе кивнула.

— Знаете, «начать издательский бизнес» звучит очень громко. У нас в то время была тяжелая ситуация: трагически погиб мой муж, я ждала ребенка, вечерами мы с детьми сидели втроем, обнявшись, и я не знала, как с ними разговаривать... Однажды утром я проснулась и подумала: «На что мы будем жить?..», — а вечером легла спать, закрыла голову подушкой — я тогда так спала, мне казалось, что так я ото всех спрячусь, — и что-то меня укололо — бабушкина брошка «бант Севинье». Это корсажная брошка, довольно редкая вещь, почти музейная. Я считала, что «бант Севинье» потерялся, но брошка каким-то мистическим образом очутилась у меня под подушкой. Мой «бизнес» начался с бабушкиной брошки «бант Севинье». На «бант Севинье» я напечатала в типографии три первые книги... Мне повезло, что брошка нашлась.

Девочка-журналистка выключила камеру:

— Брошка действительно мистически появилась под подушкой или это красивая легенда для вашего имиджа?

Эмма пожала плечами:

— Брошка была прозаически продана. Так вышло, что человек, купивший брошку, не смог ее забрать. Но «нашла под подушкой» звучит драматичней...

Девочка включила камеру.

— Почему такая знаменитость издается только у вас? Как вы на него вышли? Это личные связи?

— Мне еще раз повезло. Мой сокурсник, переводчик со шведского, перевел три никому неизвестных текста своего друга. Это была история детей, у которых неожиданно умирает папа, и все становится очень плохо. Нас, меня и детей, утешали только эти тексты. Можно сказать, что эти тексты нас спасли. Кроме того, это была прекрасная детская литература. Я подумала — может, еще есть люди, у которых такие же проблемы, которые сейчас плачут... Я не «входила на рынок». Я просто очень захотела издать эти три книги, вдруг поняла — для меня это означает выжить, заниматься чем-то, кроме себя и своего горя. Я не мыслила стать монополистом и даже просто издателем, я всего лишь хотела издать три текста... Потом — это было чудо, — автор стал знаменитым, получил несколько европейских премий. А мы с ним уже так подружились, что он издавался только у нас, стал лицом нашего издательства.

— Вы везучая. У вас самого начала и до сих пор сплошные удачи: бабушкина брошка, премиальный автор... Были еще удачи?

— Да. Книжные иллюстраторы были нереально дороги для меня, и тут... Это действительно было невероятное везение! Детская книга — это не только текст, это картинки. Иллюстрации имеют такое же значение, как текст. Я болела, мне наняли женщину помочь с детьми. И вдруг я увидела — то, что она рисовала для моих детей, было потрясающе, великолепно. Она нуждалась, вы же помните, как это было, в те времена многие занимались не своим делом... Мы с ней менялись: когда я занималась редактурой (я сама была редактором и корректором), она водила детей в кружки, убирала, готовила, а когда она рисовала, все это делала я. Она нарисовала прекрасные иллюстрации... Так что это был очень камерный бизнес, все по-домашнему.

Первый тираж мы привезли из типографии домой на троллейбусе...

— Неужели у вас не было никаких трудностей?

— Помните, в Изумрудном городе все носили зеленые очки?.. Взгляд в прошлое зависит от того, какие очки наденешь. ...Я была так счастлива, что вот они, книги! Даже не сразу поняла, что издать — это еще не все, надо продать! Я совсем не понимала, как продать. Пошла в Дом книги, предложила свои книги. Мне говорят: «Ладно, попробуем взять на реализацию». Я была так горда собой! Мы втроем — переводчик, художница и издатель — весь день курсировали между моим домом и Домом книги, таскали коробки, складывали на набережной канала Грибоедова, а мои старшие дети стояли там с коляской, охраняли коробки. А если бы дождь пошел?! Все, конец!..

— Как это поэтично, ваше издательство фактически начиналось на улице, на набережной напротив Дома книги!

— Наконец весь тираж был перевезен на набережную к Дому книги... мы уже чуть живые, руки отваливаются, спину ломит. А в Доме книги говорят: «Вы не поняли, мы возьмем по два экземпляра каждой книги, всего шесть». Как шесть? А у нас на набережной три тысячи экземпляров. И тут же еще один облом: оказалось, что они могут принять книги только от юридического лица. ...Меня знаете, что тогда больше всего поразило? Что люди нисколько о тебе не думают, им все равно, что ты припер три тысячи книг и на набережной сложил... Тогда в моем лексиконе не было таких слов — реализация, физлицо, юрлицо. Я только одно понимала — что я не юрлицо и что нам сейчас все эти коробки обратно переть. Скажу вам честно: стою и думаю «Вот дерьмо!», и мне вдруг так понравилось произносить слово «дерьмо», что я стою и про себя повторяю: «Дерьмо, дерьмо, дерьмо! Я не погибну так глупо, утонув в куче дерьма», и тут вспомнила про издательский дом «Беата». Когда-то в девяностых на моего мужа случайно зарегистрировали издательский дом: это была фикция, никакого издательского дома никогда не существовало, но это было юрлицо! Мне еще раз повезло! На следующих книгах мы уже написали «Издательство "Беата"», — некогда было переоформлять, а потом мы уже стали узнаваемы, так и осталось. ...Мы до ночи возили тираж домой, я думала: «Ну и пусть мои книги останутся у меня, зато они прекрасные». Мои книжки поставили в конце зала на самый дальний стеллаж во второй ряд, я каждый день ходила и украдкой переставляла... Прыгала от счастья, когда их купили, все шесть. Притом, что дома в коробках лежало еще 2994 экземпляра... У меня долго не было склада, все лежало дома, это была большая экономия. Начинать трудно.

— А что у вас тут за коробки, это книги?

— Ну, да... Это непроданный тираж, а за место на складе нужно платить. Начинать трудно, и продолжать тоже нелегко.

— Все это звучит, как история современной Золушки. Что вы посоветуете стартаперам с высоты своего опыта и своей удачи?

— Выбрать свою нишу, не вообще «хочу стать издателем», а выбрать узкую нишу, в которой вы прекрасно разбираетесь, именно вашу. Любите пончики — печете пончики.

— У вас есть мечта? Создать медиахолдинг? Самой написать детскую книгу?

— Нет, я не писательница, я издатель. Мечта — издать в этом году все, что есть в моем издательском портфеле. Это нелегко, но возможно. У меня не бывает совсем уж несбыточных мечт... я уже взрослая. А медиахолдинг мне ни к чему.

... — Можете добавить в интервью: предпринимателю необходима поддержка семьи. Я всегда очень поддерживала Эмму в ее начинаниях. Говорила: «Ты молодец, у тебя все получится», это ее очень воодушевляло, — заметила Алена Сергеевна. — А брошка, между прочим, моя. Добавьте, это придаст шарма: мать всегда верила в свою дочь и сохранила для нее «бант Севинье».

Ну, что же, мне больше не о чем расспрашивать Эмму, это интервью исчерпывающе ее охарактеризовало. Я заметил, как профессионально отреагировала Эмма на просьбу журналистки быть более эмоциональной и как уверенно вела ее за собой, точно соблюдая желаемую меру откровенности, не сказав ни словом больше, чем хотела. Кто бы мог подумать, что избалованная девочка, ужасавшаяся, что людям приходится ездить на метро, станет такой — умной, сильной, жесткой. Иногда (или всегда?) значительное достижение целиком определяет человека, издательство определяло Эмму так же, как меня премия Шао. Я не так глуп, чтобы считать, что стал умным, сильным, жестким. Я имею в виду, что ничего, кроме работы, в моей жизни не было.

Я мог бы похвастаться Эмме и Алене Сергеевне, что премия Шао, которую я получил в прошлом году, считается аналогом Нобелевской, в научных кругах ее называют Нобелевской премией Востока. Я был восьмым американским ученым, получившим премию Шао (миллион долларов). Но я не рассказал. Эмма не посмотрит восторженным взглядом, как Беата, не закричит, как Беата: «Круто!»

Была и еще одна причина. Рассказывая Эмме о премии, я должен буду рассказать про развод. Премия была тесно связана в моем сознании с Катей: до премии мы разводились долго и болезненно, Катя все не решалась, как она говорила, «со мной покончить», а после получения премии развелись мгновенно.

В Америке принято ходить на психотерапию, и я после развода обратился к психотерапевту. Первое, что сказал мне психотерапевт, было совершенно не психологическое, а на удивление бытовое, как будто я разговаривал не со специалистом, а, к примеру, с Аленой Сергеевной: моя жена ждала, когда я получу премию Шао. Я не знаю. Я отказываюсь считать, что дело было в деньгах.

Катя никогда не верила, что я могу добиться успеха, я привык, что моя работа важна только для меня. Привык оправдываться за то, что все эти годы у нас была недостаточно большая квартира, что мы не живем на Манхэттене, что я слишком часто уезжаю на конференции. Катя обвиняла меня в том, что я ее не люблю, что она меня не любит, что я недостаточно привлекаю ее физически, я был виноват даже в том, что она мне изменила... Наш брак был злым и детским: Катя меня дразнила, а я старался ей понравиться. Психотерапевт сказал: для нашего эго вредно жить с человеком, который ни разу в жизни не сказал нам: «вау!». Не знаю, как моему эго, а мне действительно было трудно жить с человеком, которому я решительно не нравился.

Психотерапевт сказал, что я очень нуждаюсь в одобрении. По-моему, все нуждаются в одобрении, почему я больше, чем другие? Потому что я когда-то был толстым? Психотерапевт считает, что я все равно ощущаю себя толстым. Говорит, я — бывший толстый. Как бывший алкоголик.

Психотерапевт сказал, что я «выкупил себя из брака». Конечно, я отдал премию Кате, но как иначе я мог поступить? Она убеждена, что заслужила ее. Звучит, как будто Катя монстр, это несправедливо. Я ведь тоже не ангел. Когда Нино бэбо хотела дать мне понять, что погорячилась и была не совсем права, она говорила: «Ты тоже не ангел». Это была ее форма извинения и примирения.

Катю во многом можно понять: я скучный, постоянно во всем сомневаюсь, ною, я негативный, депрессивный. В каждом из нас много дерьма, во всяком случае во мне есть. Я и сам не ангел, я бы никогда не сделал никому ничего конкретно плохого, но намерения бывают... м-м разные... и мысли.

Мне было стыдно рассказывать Эмме о разводе. Я не хотел показать ей, что несчастен. А вот почему не хотел, не знаю... нужно будет спросить психотерапевта.

Кроме того, когда-то именно Эмма убедила меня жениться на Кате. Мне казалось, что Катя больше любит Америку, чем меня, что она при помощи брака хочет остаться в Америке, что она не любит меня, что меня нельзя любить. Что, если теперь Эмма сочтет себя виноватой? Это еще ухудшит наши и без того хрупкие отношения.

Хотя, что я говорю, нет у нас никаких отношений.

Мне больше не казалось, что вот-вот произойдет то, за чем я приехал: Эмма меня простит и мы с ней опять станем братом и сестрой. Но как стать братом и сестрой через семнадцать лет? Это было бы чудом, но чуда не произошло.

Эмма была доброжелательна, предложила мне остановиться у них, показать город (как чужому, как американскому гостю), — доброжелательна и закрыта на все ключи. Оживилась, когда вошли дети. Я удивился, что дети (Марине — двадцать шесть лет, Диме — двадцать три) никуда не торопятся. Почему они оба живут дома, с матерью? В Америке, как только ребенок уезжает в колледж, родители переделывают его комнату в спортивный зал или в кабинет, — теперь он в родном доме гость, редкий и не особенно желанный. А если бросил колледж, должен снимать жилье, оплачивать свое жилье и еду.

Оказалось, что оба, и Дима, и Марина, окончили университет и не работают. Доходы Эммы, судя по расставленным по квартире коробкам с книгами для экономии места на складе, вполне скромные... Тем не менее Эмма содержит обоих. Неужели Эмма, такая умница, такая успешная, как и прежде, беспомощна дома, в семье? Прежде перед матерью, а теперь перед детьми?

При этом все дети Эммы, и старшие, и Гриша, прекрасные, живые и остроумные. У них идет постоянная семейная пикировка, и кажется, все друг к другу очень привязаны.

— Давид, ничего, если я ненадолго украду у вас бабушку, нам с ней в школу пора, без нее не прикольно, — сказал Гриша.

— Иди один, скажи в школе — бабушка сегодня в легком маразме, — отмахнулась Алена Сергеевна.

— Вы изучите бабушкин мозг, он работает феноменально — четко себе на пользу: когда нужно, она циничная и проницательная, а когда нужно, в легком маразме, — сказал Гриша. Умный мальчик.

Эмма ушла вместе с Гришей и девочкой-журналисткой, Марина с Димой разошлись по своим комнатам, а я остался с Аленой Сергеевной.

Алена Сергеевна устроилась напротив меня с чашкой кофе.

— Ты ведь Эмме брат, ты с ней поговори. У нас творится такое безобразие... У Эммы есть один человек... он совершенно ей не подходит! Я даже не разрешаю ей приводить его домой. Хуже него нет человека. Если бы бедный Глеб знал, с кем она повелась, если бы мой бедный муж знал... Он страшный человек!

Как неловко. Я прикидывал, как вежливо прервать разговор об Эмме, но оказалось, что Алена Сергеевна больше хотела поговорить о себе.

— Она думает, что я предала ее отца. Бросила больного. Ты тоже так думаешь? Но что вы оба знаете о своем отце? Он мне все время давал понять, что я, по сравнению с твоей матерью, никто, из простонародья... Потом — раз, и инсульт, и все, рядом со мной инвалид. Я ведь ушла к любимому в нищету. Ну, не совсем в нищету, мой муж вполне успешный психолог. Я его полюбила, это была любовь, честное слово, не климакс. Климактерички бывших одноклассников вытаскивают на свет, им кажется, что им опять пятнадцать. Бывший одноклассник — это уже последнее прибежище климакса. А я просто встретила нормального человека, он меня полюбил, а я его. У нас все было романтично, он стихи мне читал, мы по Летнему саду гуляли, за руки держались. Умом понимала, что не по возрасту вся эта школьная романтика, а другим местом... Нет, не тем, про которое ты подумал, а душой... душой понимала — вот она, любовь. Ты на меня не сердись. Давай помиримся, а? Мы ведь с тобой родственники, я тебе почти как мачеха.

Что можно было ответить, — не сержусь? Но кто я такой, чтобы сердиться? Я попрощался и уехал в аэропорт. Мы расцеловались как родственники. Кто мог ожидать, что «эта женщина мне никто» (с каким живым чувством Нино бэбо говорила: «эта женщина тебе никто») захочет со мной помириться? Кто мог ожидать, что она... достаточно милая? Кто мог ожидать, что в результате этого визита станет ясно, что у меня никогда не будет сестры, но появится «почти как мачеха».

На прощанье моя «почти как мачеха» сказала чрезвычайно странную фразу: «Ну что, старая любовь не ржавеет?» Какая старая любовь, к Беате?.. Да, Ленинград (пусть Петербург, не важно) связан для меня с увлечением Беатой. Но разве это означает, что как только попадаешь в эти туманы и дожди, опять влюбляешься? Не факт.

А вот дождь и туман — это факт, сейчас, в апреле, именно что дождь и туман.

Я приехал в аэропорт, позвонил Беате и улетел в Москву.

Беата, Провал. 4 апреля

«Это провал», — подумал Штирлиц. У меня полный провал. Я от него ушла. Пошла ва-банк и, похоже, проиграла.

Ты вот думаешь, что я плохая мать... то есть я, конечно, никакая мать, но ты не понимаешь, у меня все очень плохо. Я от него ушла. Я с тобой поговорю, потому что ты еще маленький и не будешь меня осуждать так, как взрослые. Понимаешь, пять лет — это большой срок. Это такой срок, что, если он сейчас не женится, то уже не женится никогда. К тому же время идет, он стареет, с ним в любой момент может случиться все что угодно, и тогда что? Что будет со мной?!

Я уверена, что, если захочу вернуться, он меня примет. Но если вернусь, то это уже будет все, конец, — он уже никогда не женится, ведь я вроде как все приняла и со всем согласна.

Ты, может быть, думаешь, он тупой милл... нер — бывший партийный босс с Рублевки? Не... Он был художник, ювелир.

У него интересная судьба, он — личность. Сильный, изворотливый, обаятельный, у него, как у мафиози, все выстроилось на дружбе, на отношениях. У вас в Петербурге есть завод «Русские самоцветы», знаешь? Захар мне столько раз рассказывал, что я наизусть выучила: он с друзьями создал фирмочку при заводе по продаже ювелирки и — никому не приходило в голову, а ему пришло — под именем завода стал поставщиком ювелирных изделий по всему бывшему Союзу. Знаешь, как советские люди любили ювелирку — цепочки, кольца с красными камнями? Идиоты, голодные за золотом в очереди стояли... Захар работал с Главювелирторгом, перебрался в Москву поближе к партнерам, началась приватизация: они приватизировали центральную оптовую базу, потом... потом суп с котом. Сейчас у него с партнерами чего только нет. Ха!.. У него нет банка, а все остальное есть.

Мы с ним на какой-то модной тусовке встретились: я была не одна, и он не один — а ушли мы вместе. Ты думаешь, я ушла с ним только из-за его миллионов? Не-ет! Меня в нем привлекло не то, что он миллионер, владелец заводов-газет-пароходов... хотя это, конечно, главное. Но не единственное.

Он меня не узнал. Это классика: гусар испортил девице жизнь, а через много лет ее даже не узнал.

Нет, мне невозможно испортить жизнь, я сама себе живу! Просто он когда-то дал мне хорошего пинка. Это был такой волшебный пендель, такой хороший урок, что я его помнила всю жизнь. ...Я всю жизнь помню, а он меня не узнал! Я напомнила, как он лишил девственности провинциальную девочку, но он и тогда не вспомнил. ...Ой, прости, что я упомянула девственность, — забыла, что я с тобой разговариваю. Но здесь дело не в девственности, а в том, что это тоже хороший урок: что волку до зайца дела нет. Сожрал и забыл.

Сейчас модно говорить «из-за этой встречи я стал таким-сяким» или «мама меня не любила, из-за этого я такой-сякой». Ты не верь, это неправда. Мы уже такие, какие есть, любая встреча нас только подталкивает, как камень с горы, — не одна подтолкнет, так другая.

Мне так легко удалось его заполучить, что я подумала: ага, сейчас мой верх, теперь я главная! Когда-то давно я была глупая девочка, а он взрослый, теперь я умная и взрослая, а он старый. Тогда я была недостаточно хороша для него, для того, чтобы в меня влюбиться, а вот теперь — влюбится как миленький и будет зависеть от меня! Это называется компенсация... ты знаешь такое слово? Компенсация — это око за око, зуб за зуб.

Не думай, что я хотела ему отомстить. Да и как бы я могла: кто он, а кто я?! Я просто подумала: вот я, мне сорок, и что у меня есть? Возможность ходить на тусовки? Квартира на Чистых? Квартира большая, но я же не буду пускать квартирантов, как твой отец, ха-ха. Шучу, лучше застрелиться, чем жить бедной.

Так вот, я думаю — вот я, у меня ничего нет. А вот он — супербогатый, и мне с ним в принципе нормально, даже вполне уютно, мы много смеемся, — это я его смешу, не он меня. Ну, конечно, секс с ним — это не то чтобы вау. ...Ой, прости, я опять забыла, что я с тобой разговариваю. ...О чем ты спрашиваешь? Ты спрашиваешь, как же я живу без любви? Может быть, я моральный уродец? Неужели мне совсем не нужна любовь? Нет. Про любовь — это не ко мне.

Ты спрашиваешь, почему мне не нужна любовь? Ну почему-почему? Я не девочка. В моем возрасте стыдно говорить про любовь. В этом возрасте надо понимать, что тебе подходит. Не кто тебе подходит, а что. Мне подходит быть богатой.

...Ну да, ну да, ты скажешь, не надо было мне так рисковать. А что, надо было продолжать унижаться, как провинциальной девчонке, чтобы на ней женились?! Уйти от него было рискованно, но кто не рискует, тот не выигрывает!

За пять лет, что мы вместе, я уже все перепробовала. Первый год, когда мы только начали вместе жить, я молчала напоказ. Ну, знаешь, что я как бы гордая и не хочу замуж, что я вообще выше всяких мелочных расчетов. Как будто он не видел меня насквозь! Вообще-то это самый лучший способ — не показывать, что тебе что-то очень надо, сами придут и сами все предложат. Но не работает, если тебя видят насквозь.

...Это был наш первый Новый год вместе, он первого января проснулся — а я у кровати в красной шапке, с бородой и с мешком подарков. ...Ой, а тебе я тогда послала подарок? Если забыла, извини, было очень много дел, мы только что из Рима вернулись и сразу в Нью-Йорк собрались.

Захар мои подарки рассмотрел и говорит: «У меня уже есть для тебя подарок, под елкой лежит. Но я думаю, может быть, еще что-нибудь тебе подарить? Например, может быть, ты хочешь, чтобы мы поженились?» Я небрежно говорю (а внутри все поет и пляшет): «Если ты хочешь быть со мной, то давай поженимся и всегда будем вместе».

А он: «Жениться — это прекрасно, да как бы чего не вышло». Цитирует Чехова, скотина! Посмотрел в Интернете и цитирует Чехова мне назло! Вот это что было — остроумие или садизм?!

Я думаю, садизм. Думаю — ну ладно, ты у меня попляшешь.

...А как попляшешь? Мир ничего не выдумал, кроме банально забеременеть. Что еще придумаешь, кроме беременности?

А у меня не получается забеременеть. ...Ничего, что я с тобой про беременность говорю?..

Разыграть беременность нетрудно: тошнит, то смеюсь, то плачу, обсуждаю, девочка там или мальчик, придумываю ребенку имя, натурально беспокоюсь, что мне не родить самой, лучше кесарево... а про женитьбу молчу! Только загадочная грусть в глазах — пусть сам догадается.

Ну, честное слово, все-таки мужчины как дети. Он поверил, заставлял меня есть творог с рынка, велел домработнице по утрам выжимать морковный сок... У меня этот сок уже из ушей лился... И конечно, я всем его друзьям рассказала: у нас ребенок будет, такое счастье... И что ты думаешь?! Он мне жениться не предложил. Сок — да, а жениться — нет.

Через три месяца пришлось давать задний ход, изображать выкидыш и всем его друзьям говорить: у нас выкидыш, такое горе...

Разыграть выкидыш нетрудно: грущу, лежу носом к стенке. Так увлеклась, что сама поверила. И он меня жалел. Жалел, укрывал пледом, приносил чай. Он в душе неплохой человек... Но тут, как в любом вранье, главное было не переиграть, не перележать под пледом носом к стенке, чтобы ему со мной скучно не стало.

Я предложила ему сделать ЭКО, очевидно же, что я сама не могу выносить, и на всякий случай заморозить парочку эмбрионов, вдруг мы позже захотим иметь ребенка... Не знаешь, что это? О господи, это значит зачать в пробирке... Ладно, неважно, не грузись.

Он сказал: «Фу, с ума сошла? Ты, правда, считаешь, что я в моем возрасте буду дрочить в пробирку? И вообще, у меня внуки взрослые... зачем мне еще от тебя ребенок?» Сказал, что от слов «замороженный эмбрион» ему физически плохо, замораживание и размораживание ассоциируются у него только с заморозкой овощей в холодильнике. А если мне нужна красивая причина, то вот: он придерживается мнения православной церкви и вместе с церковью отрицательно относится к ЭКО. В общем — нет.

Да?.. Но если ты такой религиозный, такой православный, что же ты живешь со мной во грехе?

Весь следующий год я приставала к нему с венчанием: «Если ты меня любишь, давай обвенчаемся», на что он всегда отвечал: «Я тебя люблю, но я не готов к венчанию». Почему не готов, почему?! Для венчания нужна справка из загса, но я бы договорилась!

Ну, и еще я, как дура, к бабке ездила за триста километров и бабки-ежкино зелье ему в чай подмешивала. Чтобы он без меня не мог. Да он без меня и так не может, но не женится!

...Очень важно для меня, что я могу возглавить его благотворительный фонд. Это совершенно другое положение в обществе. Я не хочу быть просто рублевской женой. Я личность, я хочу, чтобы меня уважали! Может, я немного зациклилась на этом фонде, я даже уже визитки сделала. Визитки я прячу в двадцать пятой гостевой ванной, в которую никто, кроме домработницы, не заходит. Шучу, нет у нас двадцать пятой гостевой ванной, у нас всего восемь. То есть теперь уже не у нас, а у него.

Интересно, он там один или уже кто-то у него появился? А может быть, теперь, когда меня там нет, к нему дочь приезжает?

Его дочь ужасна! Бездельница, ни дня не работала.

Люди вообще ужасно эгоистичные. Возьмем его доченьку. Ей бы радоваться, что отец на старости лет не бегает по молодым девкам, а живет в любви и покое с верным порядочным человеком. Ей бы подружиться со мной! Так нет, она меня ненавидит. За что, спрашивается, меня ненавидеть?

Забрала все «мамины вещи», чтобы я их не касалась. Думаешь, она ложки-вилки взяла или вазочку на память? Забрала из гаража «Астон Мартин» за полмиллиона долларов. Зачем? Чтобы мои руки на касались руля машины? Забрала квартиру на Пречистенке на целый этаж, — а это зачем, чтобы я не касалась квартиры? А Захар во всем ей потворствует: «Да ладно, пусть девочка порадуется». Девочка, между прочим, немногим моложе меня. Если с ним что-то случится, она меня выгонит в два счета, я вернусь к себе на Чистые, как диккенсовская сиротка... буду ездить на каком-нибудь «пежо», отдыхать в Турции... А одеваться где стану? На рынке в Турции?! Ох, что я говорю! У меня на «пежо» и на Турцию не будет. Буду дома сидеть, морковку грызть.

Я хочу быть женой! Мне надоело быть любовницей, я всю жизнь чья-то любовница!

Любой разумный человек на моем месте сказал бы: «Эй, любимый, я моложе тебя на восемнадцать лет, давай обеспечь меня на случай твоей смерти, женись! А если не женишься, хоть квартиру подари, чтобы, если что, я могла ее сдавать. Или завещай мне что-нибудь из своих богатств маркиза Карабаса». Звучит не очень изящно, но это правда, и так думают абсолютно все, без исключения. Кроме, конечно, умственно отсталых.

И вот я с ним откровенно поговорила, мягко объяснила: если с ним случится что-то, я останусь на улице. Без средств к существованию. Он не понимает, как это страшно, когда нищая старость. А я привыкла к определенному уровню жизни.

Знаешь, что он сказал?! Ты даже представить себе не можешь, что он сказал!

Он сказал: «А как живут другие? Будешь жить, как все». ...Что, ты тоже не понимаешь? Что тут непонятного?! Другие пусть живут, как хотят, хоть на пенсию. Я — не все.

Мы крупно поругались. Он сказал: «Зачем тебе ребенок? Тебе даже твой уже существующий ребенок не нужен! Ты хотела от меня ребенка, чтобы уже никогда не думать о деньгах». Это не так!

А даже если так?

Как он, с его миллионами, может осуждать женщину, которая просто хочет поддерживать достойный уровень жизни?

Теперь ты понял, почему я пошла ва-банк? Тихо исчезла с вещами и драгоценностями, на всякий случай?

Улетела в Нью-Йорк, чтобы не маяться в Москве. Вернулась в Москву, маюсь. Сплю с телефоном в руке. Положение мое, как в романах, трагическое. Прошло тридцать шесть дней — и ни-че-го.

Как ты думаешь, Родион, есть ли еще надежда, что он меня строит? Мои душевные силы тают с каждым днем.

Хорошо поговорить с тем, кто не отвечает. Я давно знаю этот трюк: мысленно обращаться к кому-то лучше, чем тупо самому с собой разговаривать. Спасибо тебе за то, что я с тобой поговорила. Как говорят, спасибо вам за то, что были с нами.

Эмма, Беата, Расемон. 18 июня

Эмма

Мама с утра очень возбуждена: «Я ей, честное слово, не желаю зла, я просто надеюсь, что жизнь сама ее накажет. Если бы не она, ты бы не связалась с этим страшным человеком. Я имею в виду, что ты не осталась бы одна и не связалась с этим страшным человеком...» Как будто я не знаю, что она имеет в виду. Столько всего нужно решить: завтра презентация наших книг в «Буквоеде», часть тиража не привезли на склад, обложка для новой серии не хороша, совсем не годится... Можно мне не присутствовать при этой исторической встрече?!

Мама, готовая к встрече, накрашенная, в новом платье, Маришины модные серьги до плеч, — королева, — уселась в кресло и скомандовала: Мариша присядет на ручку кресла, а мальчики встанут позади. И, как обычно, прочитала мои мысли.

— Нет, тебе нельзя не присутствовать. Это твои родственники. Они скоро поженятся, возможно, уже поженились. Ты должна принять жену брата, кто бы это ни был. Семья — это святое. Но я думаю так: у нее ничего с ним не получится, он прекрасный человек.

Мама завела тесные отношения с Давидом: в разговорах со знакомыми говорит о нем «мой сын, американский ученый, лауреат премии Шао, почти нобелевский лауреат» и поясняет: «Эта премия — аналог Нобелевской премии, один миллион долларов». Переписывается с ним по WhatsApp, не учитывая разницы во времени — сплетничает о детях, жалуется на меня, обсуждает политические новости. Давиду, я думаю, глубоко безразличны российские политические новости, но мама очень политизирована. Кроме того, мама открыла для себя социальные сети: Димочка зарегистрировал ее в Фейсбуке и Инстаграме, подписал на разных модных людей, и теперь она рассматривает картинки в Инстаграме, ввязывается в дискуссии, комментирует, кого-то банит, кого-то принимает в друзья.

— Но, если они уже поженились, значит, ты хочешь, чтобы жизнь наказала твою родственницу?

— С чего ты это взяла? Ты меня знаешь, я исключительно добрый человек: я не хочу, чтобы ей было плохо, я просто хочу, чтобы жизнь ее как следует наказала. ...О-о, здравствуйте, рада вас видеть... Давид, дорогой...

— Алена Сергеевна, вы нереально молодая, моложе всех нас, кожа — как у ребенка! Это волшебные кремы или природа?! — с порога восторженно закричала Беата.

Нарумяненная мама небрежно кивнула — «природа» — и разрешила Беате себя поцеловать. Кажется, все довольны друг другом. Мама любит, когда ее хвалят, а Беата любит, когда ее любят.

Давид с Беатой приехали в Петербург безо всякой цели, просто как все влюбленные, — белые ночи, развод мостов, поцелуи над Невой.

Приятно видеть, когда люди так влюблены. Давид смотрит на нее, не отводя глаз, сидит молча, невероятно красив. Кто бы мог подумать, что гадкий утенок... довольно крупный утенок превратится в такого прекрасного лебедя. ...Что, если издать книжку для подростков о том, что все может измениться, что все не фатально... Или даже серию, пусть там будет обо всех обидах и комплексах, кого что волнует, — кто-то толстый или худой, у кого-то слишком большой нос, а кто-то тихо говорит, как я в детстве, каждого в детстве что-то мучало. Кроме Беаты, она родилась такой самоуверенной.

Давиду любовь пошла на пользу. Он выглядит спокойным, уверенным в себе, нисколько не похож на того растерянного, путающегося в словах человека, каким появился тут два месяца назад.

Давид влюблен как мальчик, а Беата влюблена как девочка. Скажет что-нибудь и смотрит, — что он, восхищается ею или нет. И все время хочет к нему прикоснуться, то возьмет за руку, то обнимет, то потрется щекой о плечо. ...Так, кофе Беате, чай маме, мартини Марише, мальчики сами нальют себе, что захотят.

— Я тобой горжусь, премия Шао — это очень прикольно... — начала разговор мама. Она, должно быть, хотела сказать «круто». Мама часто не к месту употребляет словечки, услышанные от детей, иногда получается не совсем точно.

Давид с Беатой строят планы: сначала они будут жить в Нью-Йорке. Но если Беата захочет, то может выбрать почти любую европейскую страну, он примет предложение любого университета. Беата сказала: «Как ты скажешь, милый, это у тебя работа, а я так, при тебе». Я никогда не могла произнести на людях слово «милый».

Беата прошептала мне на ухо: «Мне все равно, где его любить, в Америке или в Европе, можно и в Москве... но в Москве он не может... Нейробиология, ты же понимаешь».

...Ах да, у нас же картина Беаты, «Девочка в красном».

— Твоя «Девочка в красном» своими косичками напоминает мне о юности, — сказала мама.

— Пусть дальше напоминает. Это не Григорьев, это фальшак.

— Фальшак? — повторила мама, с удовольствием пробуя новое слово. — Ты знала, что это фальшак? Но зачем ты купила фальшак за двадцать тысяч долларов? У меня прекрасная память на деньги, я всегда помню, что сколько стоило.

— Я не покупала, мне подарили. Мы с художником разыграли покупателя: сказали, что это Григорьев... Даже в те мутные времена Григорьев не мог стоить двадцать тысяч долларов. Я неплохо разбираюсь в русском авангарде. У меня второе высшее — искусствоведение.

Вид у Беаты самый простодушный. Если когда-нибудь ангел-искусствовед спускался на землю, то это бесхитростное создание, эта бессребреница, находилась сейчас перед нами, сидела рядом с Давидом с чашкой кофе и бутербродом с колбасой. Надеюсь, Давид не понял, что ангел разделил деньги, заплаченные за картину, с автором подделки.

Хочу, чтобы они ушли. Хочу разобраться с тиражом, очень хочу посмотреть варианты обложки. Не хочу разговаривать.

К счастью, всегда есть мама.

— Ты, конечно, знаешь, что Эмма осталась верна памяти Глеба. Гриша не знал отца, но Мариша с Димочкой прекрасно его помнят и чтут его память. Эмма никогда не выйдет замуж, не хочет, чтобы у детей появился отчим. Тем более он страшный человек!..

— А страшный человек, он кто? — поинтересовалась Беата, и я зажмурилась, — сейчас начнется мамина гастроль.

— О-о, я расскажу! Этот человек ходил к нам десять лет, любил меня и детей, я с ним была в прекрасных отношениях! И вдруг такое... Эмма должна приехать из Москвы, он ее встречает... Но их нет и нет... нет и нет. Я, естественно, не нахожу себе места, волнуюсь. Почему нельзя было позвонить, не понимаю. Наконец они пришли домой, мы все сидим, я, дети, пьем чай. И я говорю: вот раньше был порядок — как-то раз поезд из Москвы в Ленинград опоздал, и начальника расстреляли. Всего одного начальника расстреляли, и по всей России поезда стали ходить вовремя. ...А этот человек говорит... Вы не представляете, что он сказал! Он говорит: «Вы сталинистка». Это я сталинистка, я?!

— Это все?..

Беате кажется, что мама слегка неадекватна. Нет. Мама иногда звучит немного странно, бессвязно, но, как говорят дети, «голова у бабули работает лучше, чем у всех нас».

— А что, этого недостаточно? Он меня оскорбил. С тех пор я не разрешаю ему приходить в мой дом. Пусть Эмма с ним встречается, где хочет. Я так предана семье, я за них жизнь отдам, а он мне говорит: «Вы сталинистка»!..

— ...Ну... да, понятно. Эмме, наверное, тяжело в этой ситуации?.. Но сейчас не война, жизнь отдавать не нужно. Вы лучше помиритесь с ее другом.

— Жизнь отдам, но не помирюсь.

Почему они говорят обо мне, как будто меня здесь нет? Пора прекратить этот балаган.

На мои слова: «простите, мне пора на работу...» Беата быстро сказала: «Мы посекретничаем минутку, и ты пойдешь на работу» и повела меня на кухню.

Ну почему я всегда ей уступаю? Я ведь знаю, что Беата всегда приносит несчастье, она одни несчастья мне приносит...

Мама крикнула вслед:

— Только недолго!

Считает, что все секреты в этом доме принадлежат ей.

— Какие у вас чудесные внуки! — обернулась Беата. — Мальчики такие же обаятельные, как Глеб, и Мариша очаровательная, такая нежная... Эмма счастливая, у нее есть вы и дети...

Беата

Да у нее тут кошмар! Зверинец какой-то! Дети, как пиявки, впились в нее. Вообще-то они уже не дети! Почему все трое такие жутко избалованные? Дочка зануда, висит на ней — «Ах, мама, у меня плохой день». Да ты здоровая корова, иди уже сама живи! А Эмма тут же: «Ты ничего не ешь, что случилось?» Свой бизнес, что там у нее — детские книжки? У нее наверняка есть менеджер, бухгалтер... Она и правда другим человеком стала. А в семье — все та же. Сначала на нее мать давила, потом детки присоединились. Бедная Эмма.

А мать, что она плетет? Ее назвали сталинисткой? Так она и есть сталинистка, тиранище: раз — стоять, два — тихо. А что это она вдруг перевела Глеба в ангелы? Дети чтут память этого ангела, поэтому Эмме нельзя выходить замуж? Да эта старая карга просто хочет держать дочь при себе.

Эмма

Беата, конечно, хочет поговорить о Давиде. Я знаю, что она сейчас скажет: «Мы случайно встретились, и вдруг все закрутилось». Как будто бывает как-то иначе.

— Мы встретились случайно, потом он вдруг приехал ко мне в Москву, и закрутилось! Мы провели неделю у меня, потом я к нему прилетела, потом опять он... Давид... красивое имя, лучше, чем Дима, да его никто и не называет Димой. Давид — мой человек, наконец-то. Помнишь, «как долго я тебя искала»? Ужасная пошлость. Но так и есть: «как до-олго я тебя иска-ала».

Сейчас она выговорится и отпустит меня.

— А секс! Это вообще не секс, это любовь. Только не думай, что я дура. У меня с ним оргазм не от секса, а от счастья.

О господи, за что мне все это?! Пока она говорит, я попробую подумать о своем: часть тиража застряла в типографии, обложку для новой серии надо перезаказывать...

— Это такая удача — случайно встретить человека из юности, — вроде бы он старый, но новый. Он меня понимает, и нет этого дурацкого «ах-ах», а есть спокойствие и уверенность, что мы друг для друга. Моя жизнь приобрела смысл, я просыпаюсь и понимаю, для чего живу. Я даже читать начала — для него, чтобы новые мысли появлялись и было о чем поговорить. ...Прости, что я щебечу, как школьница, я сама себя не узнаю. И вот еще, главное: он ничего от меня не требует, поэтому мне хочется дать ему все. Я буду с ним до самой смерти... прости за высокопарность.

Что-то такое есть в Беате, что она говорит, а я ее слушаю. И всегда — так всегда было! — она вроде бы тут, с тобой, но вся в своих делах. Вот сидит сейчас и смотрит в телефон: лицо совершенно опрокинутое.

— Что-то случилось?

— Все нормально.

Ну, уходи же, уходи. Там, за окном, Петербург — июнь, белые ночи... Иди поплавай на кораблике, что ли.

Беата

Ааааа! Победа!

Эмма бы, конечно, сказала, что это унизительно — через секретаря. Что мне делают предложение через секретаря. Но, во-первых, он не секретарь, а доверенное лицо. Через доверенное лицо — другое дело. А во-вторых — плевать. Завтра, 19 июня, в 14:00 регистрация брака, форма одежды не свадебная. Завтра. Просто зарегистрируем брак. Без свадьбы, без гостей, без свадебного платья. Почему не свадьба, почему не в Санкт-Морице, не в платье в страусовых перьях? Почему мне сделали предложение через доверенное лицо?

Потому что Захару удобней сделать вид, что это просто технический момент, а не полная капитуляция передо мной. Кроме того, он не выставляет напоказ свою жизнь. Но какая мне разница? Обойдусь без страусовых перьев. Я победила. Брак! Зарегистрируем! Брак! Ур-ра!

Кто молодец? Я молодец! У меня правильный подход, у меня всегда в центре — мужчина.

Я пять лет внушала ему, что он без меня пропадет, и странно, что раньше не пропал. Но ведь это правда — со мной лучше, чем без меня, я умею организовать жизнь так, чтобы было весело и живо.

Так, хорошо, я победила, а делать-то что? То не было у девицы ни одного жениха... Как там в классике: Катерина Измайлова была бедна, и «перебирать женихами ей не приходилось». То не было у девицы ни одного жениха, а то сразу два.

Я быстро думаю. У меня мозг устроен, как счеты, — туда-сюда, дебет с кредитом.

Давид. Это как подарок, как чудо. Если бы я просто «ах, люблю-не могу», было бы не о чем говорить. Что любовь? Сегодня есть, завтра нет... Но мне с ним, как с собой. У меня такое впервые. Это жалко выбросить.

Давид — готовый жених, разведен, но денег-то нет. У меня с ним будет обычная средняя жизнь. Может, он станет нобелевским лауреатом, а может, и нет, на это рассчитывать нельзя.

Захар: миллионы. Фонд. Я так долго взбиралась на вершину, когти сточила, — и вдруг такое привалило счастье, — вот я на вершине, сейчас все сбудется!.. Фонд. Фонд!.. Кем я буду с Давидом? Женой профессора. А тут статус. Положение. Миллионы.

Миллионы, миллионы, миллионы... Не один миллион, много. Кто устоит? Точно не я.

Но что тогда с Давидом? Как в дурном кино — там деньги и положение в обществе, а там любовь. Ну почему, почему я должна выбирать?!

Зачем я все это себе говорю? Как будто я не приняла решение мгновенно. Давид говорит, мозг принимает решение сам, мгновенно, человек размышляет, приводит аргументы, советуется, — а мозг давно все решил. Я со своим мозгом дружу, я всегда сразу же его решение знаю.

Вот чертова жизнь, если бы это случилось до встречи с Давидом, я бы считала, что я самый удачливый человек на свете. А сейчас у меня такое беспокойное чувство: не люблю ситуации без выбора. Но выбора-то нет. Любой человек, если он не псих, поступил бы, как я.

...Но, может быть, можно, чтобы и овцы, и волки: и любовь, и устроить будущее? Чтобы все получили, что хотят: Захар меня, и Давид меня, а я прекрасное будущее.

Захар за мной не следит, он мне доверяет... так, иногда присматривает. Я буду хорошей женой. Если я буду встречаться с Давидом то в Америке, то в Европе, и не в одной стране, а в разных, то Захар ничего не узнает и все будет окей. Какая ему разница, кому, как говорится, принадлежит мое сердце? ...А тело? Тело, тело... Тело. А что тело? Измена — это архаичное понятие. Женская верность имела значение, когда мужчина добывал мамонта, чтобы он не тащил мамонта чужим детям и чтобы сохранил свои гены. А у нас о генах и дележке мамонта речи нет.

Ну а Давид уж точно ничего не узнает. Он так далек от светских сплетен, от всего московского, — он вообще никогда не узнает, что я замужем. А если узнает, что-нибудь навру. Любовь — это ведь не обязательно говорить правду.

Каждый на моем месте поступил бы так же.

Нужно, чтобы Захар сразу же написал завещание. Пусть живет сто лет, я же не леди Макбет Мценского уезда, чтобы старого нелюбимого грибочками травить. Пусть живет сто лет, только напишет завещание. Я должна быть уверена в будущем.

Скажу Давиду, что мне срочно нужно в Москву вернуться, что у меня... собака заболела. Французский бульдог. Или лучше грифон, они смешные.

И если я кому-то покажусь расчетливой стервой, то пусть лучше посмотрит на себя.

— Ну а ты?.. Ты всю жизнь с мамой, это же застрелиться можно. У твоей мамы к старости обнаружилось удивительное свойство — быть прекрасной для чужих и ужасной для тебя. А этот «страшный человек», ты его любишь? Кто он, кстати?

— Поэт. Мы знакомы больше десяти лет.

Беата умеет вызвать на откровенность, умеет смотреть так, будто для нее самое важное — услышать ответ. Она сама так откровенно рассказывает о себе, что хочется немедленно рассказать ей все. Ни за что не поддамся, не стану говорить о Вите, о том, что он пишет прелестные стихи, что он один из немногих детских поэтов, которых знают и любят. С детской поэзией особая ситуация: родители покупают детям то, что читали сами, — Михалков-Чуковский-Маршак-Барто, а вот современная детская поэзия у нас практически не востребована, кроме нескольких имен. Ни за что не скажу ни-че-го: не скажу, что мы уже десять лет вместе, не скажу, какой Витя заботливый, не скажу, что я не справилась бы без него... ни с чем. Ни за что не скажу, почему мы не живем вместе, ни за что!

— Вы вместе десять лет... Десять лет?! И ты в сорок семь лет из-за маминых капризов не можешь выйти замуж или хотя бы жить с ним в своем собственном доме?! А ты не слишком хорошая дочь? И что же, вы, как подростки, целуетесь на улице, в кино ходите?

— Я не из-за мамы не выхожу замуж.

— Из-за детей? Ты, как дурочка, считаешь, что у них нет отца, поэтому ты должна им свою жизнь? Так они у тебя уже не младенцы.

— Нет. Не из-за детей.

— О-о, вот теперь мне стало интересно. Расскажешь? Или это тайна, покрытая мраком?

Да, тайна. Я не помню те дни после смерти Глеба, я не помню, что она была здесь, ухаживала за мной и за детьми. Мама говорит, что она по своей лени мыла детей в одной ванне. Не могу представить, что Беата мыла детей, скорее я бы поверила, что она их съела. Мама говорит, что она приносила ей кофе в постель, — вот в это я верю, мама умеет сделать себя главным персонажем любой драмы.

Я ничего не помню. Это выглядит, как в сериале: впала в кому, вышла из комы и потеряла память. Но я, правда, не помню. Зато я хорошо помню, как ревновала Глеба к Беате. Во всех деталях помню утро того дня, когда он ушел навсегда. Помню, как, уходя, сказал мне: «Я тебя люблю». Мы не думаем, когда человек уходит, — вдруг он ушел навсегда.

— Слушай, а ты вообще когда-нибудь думаешь о ком-то, кроме себя? — сказала Беата.

Я?!

Ох, господи, я... Я схватила Беату за плечи и стала трясти ее и кричать: «Я тебя ненавижу!»

Беата

Да я не в том смысле, что она ни о ком не заботится! Она своей заботой за пять минут надоест кому угодно!

Но она всегда *думает* только о себе. О том, что она чувствует по какому-нибудь поводу. Она хоть раз подумала о другом человеке? Чтобы увидеть самого человека — какой он и чего хочет, а не свое кино в голове. Ей удобно считать, что все так же прекрасны, как в ее представлении. Но не каждый хочет быть исполнением чьей-то мечты, многие хотят быть собой.

Я, конечно, плохая по сравнению с нашим ангелом Эммой, но я хотя бы вижу, какие они, мои мужчины, Захар и Давид, что им нужно, чтобы быть счастливыми. Что-то мне подсказывает, что ее поэт хочет жить с ней, хочет нормальной жизни, а не встречаться в кафе. Но ей же об этом неинтересно думать.

Эмма

Я?! Думаю ли я о ком-то, кроме себя?.. Думала ли когда-нибудь?

Это было как будто разрыв связки плеча: острая боль, и внутри что-то взорвалось. Однажды я подняла типографскую упаковку книг, довольно тяжелую, в упаковке тридцать книг, до этого я не раз перетаскивала коробки с места на место, и ничего... Врач сказал, что я сделала резкое движение, и нагрузка превысила прочность связки.

Очевидно, сейчас нагрузка превысила прочность.

После смерти Глеба я больше никогда не плакала, — кому мне было плакать? Ни разу не заплакала перед детьми, ни разу не повысила голос ни на детей, ни на маму... Иногда на Витю покрикиваю, с ним могу заплакать. Кроме Вити я со всеми крепко закрыта на замок. Беата с размаха снесла дверь, за которой я сидела взаперти.

Я закричала, как... мама. Мама обычно кричит от души, не заморачиваясь на то, что другим может быть больно или для них это просто слишком громко. Я кричала стыдное: «В моей жизни была большая любовь, а что ты знаешь о любви? Я мучила Глеба из-за тебя, я думала, что он мне изменяет, я думала, он влюблен в тебя! Я мучила его из-за тебя, подозревала, а он не был ни в чем передо мной виноват! Перед тем, как уйти, он сказал мне: «Я тебя люблю»! Ты хотела его у меня отнять, ты сейчас не имеешь права касаться нашей любви! Большая любовь — это смысл моей жизни!» И даже, кажется: «Не смей произносить его имя!»

Это длилось, должно быть, несколько секунд, что я кричала все эти пошлости: у нас была большая любовь, мой муж ни в чем не был передо мной виноват, у меня только один муж, если я снова выйду замуж, это будет означать, что я предала свою любовь. Все это пошлости, и все эти пошлости — правда.

— Это же нереально, женщина может убедить себя в чем угодно и сделать смыслом своей жизни что угодно, — задумчиво сказала Беата. — ...И ты поверила, что измены не было? У тебя бизнес, а ты така-ая дура! Достала уже со своей вечной любовью!.. И к кому? Ха, он же со мной спал, я знаю, что ничего в нем особенного не было. ...В тот день, когда его убили, он уговаривал меня уйти к нему. И при этом еще торговался: если я к нему уйду, он тебя бросит, а если нет, то останется с тобой. У него даже не хватило духа просто уйти от тебя, не торгуясь. Ну да, это ужасное признание, но я решила быть с тобой честной. ...Теперь ты можешь выйти замуж?

И тут я начала плакать, слезы текли ручьем, как в юности, когда папа называл меня «моя плакса». Витя тоже называет меня «моя плакса».

Беата

Я соврала. Я не обдумывала, уходить ли к Глебу. Я что, идиотка?

Ничего у меня с ним не было. Секс и флирт, но ничего серьезного. Он хотел такой жизни, как у меня, и чтобы у него была такая женщина, как я, но мне-то он не был нужен. Между прочим, на рынке личностей качество Глеба было ниже, чем Эммы. Не понимаю, чем он ее взял, он даже трахался, как напыщенный мудак, как будто все это так значительно, что он делает.

Надеюсь, я с помощью своего «ужасного признания» выдала Эмму замуж за поэта. А если нет, значит, она полная дура, и ей уже ничто не поможет.

Давид, Нью-Йорк, Чебурашка. 22 августа

Корреспондент российского интернет-издания (название я не расслышал) позвонил с просьбой об интервью по поводу премии. «Я не могу» звучит высокомерно, но как еще сказать? Я сказал, что работаю допоздна, он ответил: «Вы первый человек российского происхождения, получивший премию Шао, нашим читателям будет очень интересно, пожалуйста, не отказывайтесь». Он может подойти к моему дому, когда мне удобно, хоть ночью. Разговор не займет много времени — фотография и пара вопросов.

Мы встретились, пришлось пригласить его домой, не стоять же на улице. Корреспондент задал мне несколько вопросов о премии, мне показалось, что он даже отдаленно не представляет себе проблемы современной нейробиологии, как сейчас говорят, не в теме. Я нахватался от Беаты модных выражений и даже говорю ей «давай встретимся в Париже и зажжем». Беата смеется надо мной, уверяя, что я, как Алена Сергеевна, употребляю слова не к месту. Но в данном случае, кажется, правильно — он был не в теме. Его интересовало, как давно я живу в Америке, часто ли бываю в России и даже женат ли я, — что угодно, только не суть моей работы.

Пикнул айфон, пришло сообщение. Это может быть Беата, а может быть Алена Сергеевна. С Беатой я разговариваю каждый день утром и вечером, утром кратко, информативно: «ты где?», «что делаешь?», а вечером подолгу обсуждаем, как прошел день — как правило, ее день, у нее всегда что-то происходит, много новостей, много мыслей, много людей, о которых она смешно рассказывает.

Как я жил без ее «Привет, ты как? А у меня... А ты...»?.. В нашей паре я Чебурашка, нашел своего крокодила Гену и счастлив.

Алена Сергеевна пишет мне довольно часто, раз или два в неделю. Беата иронизирует над тем, что Алена Сергеевна (Беата называет ее «старая игрунья») внедрилась в мою жизнь: «Может быть, старая игрунья тебя усыновит?» Беата говорит: «Какой ты у меня еще маленький». Имеет в виду, что все это — мои детские комплексы: Алена Сергеевна осталась для меня женой моего отца, и наше с ней общение создает у меня иллюзию, что я наконец-то попал в семью отца и меня там любят.

Беата права: это игра, со стороны Алены Сергеевны — игра от жажды жизни, с моей — от все тех же моих детских комплексов. Но она со страстью интересуется мной, а я с благодарностью ею. Пусть чувство ложное, важно верить, что оно истинное, разве не так?

Имеется и побочный эффект: Алена Сергеевна требует, чтобы я отвечал ей немедленно, где бы я ни был, на лекции или на конференции. Объясняет: «Ты на конференции, а я волнуюсь, где ты», или «А у меня тоже важный вопрос», или «Я просто хочу узнать, как ты». Навязчивость старших раздражает только в юности, а я, в моем возрасте, очень ценю, что кто-то «старший» не может решить без меня важный вопрос — выйти ли посидеть в садик на Литейном или посмотреть сериал. Со смерти Нино бэбо никто не предъявлял на меня права. Я стараюсь отвечать сразу. ...Да, это Алена Сергеевна: «Срочно посмотри ссылку». Молодец, на удивление ловко управляется с гаджетами, это редкость: судя по словам студентов, многие матери и бабушки не имеют понятия о соцсетях, из-за чего кажутся им людьми с другой планеты. Алена Сергеевна, безусловно, на одной планете со своими внуками.

Я извинился перед корреспондентом: «Это срочно, близкая родственница» (с удовольствием произнес «родственница»), открыл ссылку, пробежал глазами статью.

Миллионер с Рублевки умер через два дня после свадьбы

Напомним, что миллионер Захар Каменев умер 21 июня, через два дня после свадьбы от сердечного приступа. 65-летний предприниматель не вращался в бурном свете, не совершал экстравагантных поступков, о которых писала бы пресса. Чем же вызван общий интерес к судебному процессу по дележу имущества между его женой и дочерью? Миллионер завещал все свое немалое состояние своему благотворительному фонду. Вероятно, кроме решения оставить о себе добрую память, им руководило желание защитить своих наследников от тяжкого бремени богатства. Однако никого защитить не удалось. Наследникам миллионера кое-что все же досталось.

По завещанию предпринимателя роскошный дом в поселке Жуковка (на Рублевке) и огромную квартиру на Пречистенке получила жена миллионера, 47-летняя Беата Ленцкая. Беата (по паспорту Дарья Бобышева) родилась в Витебске, в интеллигентной семье, окончила Ленинградский университет, получила еще одно высшее образование. Правда, никаких подтверждений того, что в университете числилась такая студентка, в архивах не обнаружено. В начале двухтысячных красавица активно вращалась в свете и даже написала книгу, в которой учила девушек, как правильно выйти замуж.

Однако самой Беате удалось выйти замуж за миллионера лишь в 47 лет. Женщина вышла замуж 19 июня, а спустя два дня мужчина умер от сердечного приступа. Беата получила все, а вот дочь миллионера, 43-летняя Лариса, и ее отпрыски из-за решения отца потеряли дом на Рублевке и квартиру на Пречистенке. Все это досталось новой жене отца, которая прожила с ним в браке два дня.

При дележе наследства разгорелись нешуточные страсти. Лариса сообщила прессе, что планирует оспорить завещание. Она уверена, что у суда есть все основания признать «молодую» жену отца недостойной наследницей: «Беата состояла в браке с моим отцом два дня, суд признает ее недостойной наследницей. Завещание было составлено на следующий день после свадьбы, после чего отец умер от сердечного приступа, у них нет общих детей, к тому же речь идет об имуществе, не нажитом в браке». Беата же утверждает, что до заключения официального брака они с Каменевым пять лет состояли в гражданском браке.

«Я очень тоскую и хочу продолжать свою деятельность в благотворительном фонде мужа, но меня туда не пускают», — заявила Беата. В Фонде уверяют, что это неправда, женщина никогда там не появлялась.

Беата не сдается. Женщина начала вести Инстаграм, который быстро набрал подписчиков: она размещает в нем остроумные советы по обращению с мужчинами. Советы войдут в ее новую книгу, уже известно, что книга будет называться «Почему я». В своем Инстаграме Беата также подробно информирует подписчиков о ходе борьбы с падчерицей, которую она называет Крыска Лариска.

На свет вытаскиваются грязные подробности. Беата упрекает бывшую родственницу в том, что та никогда не работала, привыкла к роскоши и комфорту, что требует немалых финансовых трат.

«Муж говорил мне, что своим отношением к нему она не заслуживает наследства, тем более он уже отдал ей все, в том числе автомобиль «Астон Мартин», одну из самых дорогих моделей в премиум-классе стоимостью больше полумиллиона долларов. Почему Крыска Лариска считает, что должна ездить на такой машине, а я могу обходиться копейками?»

Дочь миллионера не оставляет ее выпады без ответа:

«Бессовестно называть своим мужем человека, за которым была замужем два дня». Лариса уверяет, что в деле имеется свидетельство домработницы: Беата заставила отца написать завещание. Вот что сказала нам Лариса: «Отец сопротивлялся, она настаивала: “Напиши на меня завещание и болей на здоровье”».

Инстаграм Беаты бурлит мнениями, на чьей стороне справедливость, а также предположениями, чем же закончится борьба между женой и дочерью миллионера. Всем интересно, на чью сторону встанет суд: на сторону дочери, оставив ее мачеху ни с чем, или в борьбе за наследство победит остроумная красавица Беата?

Не скажу, что это было для меня потрясением. Или что я не поверил своим глазам. В такие минуты мозг сам себя защищает, и я не заплакал, не закричал, а продолжил давать интервью, с удивлением отмечая, что вопросы, которые задавал корреспондент, становятся все более личными. Если ему нужно написать о премии Шао, зачем ему знать, когда я развелся?

Когда корреспондент, сделав несколько снимков, ушел, я заплакал.

Да, и все же какой безобразный язык у бульварной прессы, какая вопиющая безграмотность: разве можно представить, что в годы моей юности о ком-то написали бы «женщина вышла замуж 19 июня»... на следующий день после того, как мы поцеловались на Поцелуевом мосту, чтобы больше никогда не расставаться... Разве нас так учили в школе?

Самое страшное, мучительное — это когда тебе непонятно.

ПРОШЕЛ ГОД

Беата, психотерапия

1-й сеанс

— Не хочу. Если мы будем обсуждать, какая я плохая, то мне это не нужно, я в курсе, какая я. Также мне не нужно, чтобы вы говорили о моем детстве, о моем отце, о моих детских травмах... и о моих панических атаках.

— Но вы ведь пришли ко мне, потому что у вас панические атаки.

— Да, но я не хочу о них говорить.

— Ну, тогда давайте сегодня просто поболтаем. Представим, что вы не пациентка, а друг... Представили? Отлично. Как вам сейчас живется?..

— Кому, мне? Отлично. Мне отлично живется. Процесс проиграла, осталась нищей, а так у меня все супер. ...Все, спасибо, больше не надо. Психотерапия закончена.

2-й сеанс

— В моей жизни все повторяется. У меня уже такое было: вот-вот я все получу, — и то убили, то умер.

— Ведь человек смертен, а вы все время рассчитываете на чью-то жизнь.

— Не понимаю, о чем вы. По-моему, это софистика. Подмена понятий. Я потому и настояла на завещании, что человек смертен.

— Можете сказать, для чего вы все это делали, чего вы хотели?

— Вы что, собираетесь рассказать мне, что счастье не в деньгах, а в том, чтобы любить? Тогда лучше поговорим про панические атаки. ...Зачем я это делала? Да потому что не хочу быть нищебродкой! Это нечестно!

— Вы все это делали, потому что это нечестно? Что именно нечестно?

— Не знаю, я просто так сказала, случайно вырвалось... Я хочу денег, деньги — это достоинство, спокойствие... Как будто вы сами не знаете. Давайте уже про панические атаки. Я бы к вам не пришла, но меня утром сильно прихватило, дома, ни с того ни с сего. Вообще совершенно неожиданно.

3-й сеанс

— Вам не было стыдно за всю эту грязь, что вы вылили на дочь вашего мужа после окончания процесса?

— Не стыдно ни за грязь после, ни за грязь до.

— Вы пишете в Инстаграме про свою беременность, выкидыш... это ведь очень личное, зачем вы это делаете?

— Личное?.. Да, личное. Хочу, чтобы мне сочувствовали.

— Зачем вам сочувствие незнакомых людей?

— Ну... я не могу сформулировать. Не знаю. Видимо, такая уж я истероидная личность.

— Как вам живется с ненавистью в сети? В вашем Инстаграме вас любят, но иногда в комментариях встречаются довольно сильные выражения: «тварь», «корыстная авантюристка». Может быть, вам лучше на время уйти из соцсетей?

— Уйти? С ума сошли? Я буду книгу писать. Вы что, правда не понимаете: я — успешная! Успешные — это те, кто очень хотят преуспеть... всего хотят, на все готовы и не сдаются. Я не собираюсь сдаваться, ну уж нет!

4-й сеанс

— Я хочу поговорить о любви. Я бы не проиграла суд, если бы не Давид. Из-за него я все потеряла. Крыска Лариска знать не знала, что у меня роман. Но на всякий случай наняла сыщика, он за мной следил... И тут ей такая удача привалила: оказывается, у меня любовник!

— Любовник? Или любовь? Как вы для себя это назовете?

— За мной следили! Но ведь если следить, у каждого что-нибудь найдется!.. Это нечестно со стороны мироздания. Прицепиться именно ко мне.

— Вы хотели поговорить о любви.

— Да. У Крыски были наши с Давидом фотографии. Но ей показалось этого мало. Когда она выяснила, с кем у меня роман, то подослала своего сыщика к Давиду в Нью-Йорк. Он сфотографировал его квартиру, мои фотографии на его столе... Когда она в суде выстрелила, что у меня все это время был любовник, тогда уже все. Недостойная наследница. Я — недостойная наследница.

— Вы хотели поговорить о любви, но говорите о процессе, наследстве. Вы хотели сказать, что впервые в жизни полюбили — и из-за любви потеряли все?

— Да. Потеряла все — и любовь, и деньги... Я, как унтер-офицерская вдова, сама себя высекла.

Из единственного красивого, что было у меня за всю жизнь, сделала дерьмо.

15-й сеанс

— А вам не жалко ту девочку, которая собиралась жить своим трудом? Ту, что цитировала Чехова?

— О-о, я сейчас расплачусь! ...Вот только не надо этих ваших психологических штучек, а то я вам больше ничего не расскажу. Не надо применять ко мне такие стандартные приемы, я нестандартный человек... Жалко, жалко. Вам, я уверена, тоже жалко того себя, каким вы были раньше. ...Но, знаете, я и сейчас могу процитировать Чехова, пожалуйста: «Говорят: в конце концов, правда восторжествует, но это неправда».

Давид, версия

В конце концов, я все понял. Она хотела быть со мной хорошей. Запуталась, что ей было делать, — начинаешь врать и врешь. Она же, как ребенок, не ведает, что творит, делает людям больно или просто делает странные вещи... и эта ее детская мечта о фонде и об океане... И ее «безнравственность» в своем роде не хуже моей интеллектуализированной нравственности. Я любил ее и люблю, и теперь я понял... Я счастлив наконец-то.

16+

Литературно-художественное издание
әдеби-көркем басылым

Серия «Мальчики да девочки. Проза Елены Колиной»

Елена Колина

Я НЕ АНГЕЛ

Роман

Редакционно-издательская группа
«Жанровая литература»

Зав. группой *М.С. Сергеева*
Ответственный за выпуск *Т.Н. Захарова*
Компьютерная верстка *Ю.Б. Анищенко*

Произведено в Российской Федерации
Изготовлено в 2020 г.

Подписано в печать 02.12.2019 г.
Печать офсетная. Бумага офсетная. Гарнитура Literaturnaya.
Формат 76x108/32. Усл. печ. л. 10,8.
Тираж 3500 экз. Заказ №12286.

Общероссийский классификатор продукции
ОК-034-2014 (КПЕС 2008): — 58.11.1 — книги, брошюры печатные

ООО «Издательство АСТ»
129085 г. Москва, Звездный бульвар, д. 21,
строение 1 , комн. 705, пом. 1, 7 этаж

Наш электронный адрес: www.ast.ru
E-mail:zhanry@ast.ru

«Баспа Аста» деген ООО
129085, г. Мәскеу, Жұлдызды гүлзар, д. 21, 1 құрылым, 705 бөлме, пом. 1, 7-қабат
Біздің электрондық мекенжаймыз : www.ast.ru
E-mail: zhanry @ast.ru
Интернет-магазин: www.book24.kz
Интернет-дүкен: www.book24.kz
Импортер в Республику Казахстан и Представитель по приему претензий в
Республике Казахстан — ТОО РДЦ Алматы, г. Алматы.
Қазақстан Республикасына импорттаушы және
Қазақстан Республикасында наразылықтарды қабылдау
бойынша өкіл – РДЦ «Алматы» ЖШС, Алматы қ.,
Домбровский көш., 3«а», Б литері офис 1. Тел.: 8(727) 2 51 59 90, 91 ,
факс: 8 (727) 251 59 92 ішкі 107;
E-mail: RDC-Almaty@eksmo.kz , www.book24.kz Тауар белгісі: «АСТ»
Өндірілген жылы: 2020
Өнімнің жарамдылық; мерзімі шектелмеген.

Отпечатано с готовых файлов заказчика
в АО «Первая Образцовая типография»,
филиал «УЛЬЯНОВСКИЙ ДОМ ПЕЧАТИ»
432980, Россия, г. Ульяновск, ул. Гончарова, 14